신록의 루미나

신록의 루미나

초판 1쇄 펴냄 2025년 1월 20일

지은이 이재문

펴낸이 고영은 박미숙
펴낸곳 뜨인돌출판(주) | 출판등록 1994.10.11.(제406-251002011000185호)
주소 10881 경기도 파주시 회동길 337-9
홈페이지 www.ddstone.com | 블로그 blog.naver.com/ddstone1994
페이스북 www.facebook.com/ddstone1994 | 인스타그램 @ddstone_books
대표전화 02-337-5252 | 팩스 031-947-5868

편집이사 인영아 | 책임편집 고병현
디자인 이기희 이민정 | 마케팅 오상욱 김정빈 | 경영지원 김은주

ISBN 978-89-5807-053-5 03810

#4　　　　　　　　　**신록의 루미나**

이카루

뜨인돌

1

특별 관리 대상자가 전학 온다는 소문이 돌았을 때 학교는 꽤 떠들썩했다.

쉬는 시간이었다. 나는 자리에 앉아 홀로그램 책을 읽고 있었다. 식물 키우기에 관한 책이었는데, 우리 집 몬스테라가 병이 든 것 같아 관련 자료를 찾아보는 중이었다.

식물을 좋아했던 할머니는 돌아가시면서 꽤 많은 화분을 남겨 주셨다. 식물 키우기는 쉽지 않았고, 웬만한 인내심과 세심함이 없으면 쉽게 도전할 수 있는 일이 아니었다. 엄마도 회의적이었다. 할머니 유품이라고 다 간직할 필요는 없다면서 말이다. "식물학자였던 할머니 정도는 돼야 키우지." 그렇지만 내가 하겠다고 했다. 덕분에 거실 한쪽은 초록 잎으로 뒤덮이게 됐다.

나는 이 식물들을 어떻게든 잘 키우고 싶었다. 그게

어릴 적 나를 돌봐 준 할머니의 수고에 대한 보답이라고 생각했다. '할머니가 좀 더 오래 사셨다면 얼마나 좋았을까. 내가 더 잘해 드렸을 텐데' 하는 아쉬움이 마음 한구석을 무겁게 차지하고 있었다.

식물을 제대로 가꾸려면 많은 지식과 시간이 필요했다. 반면 식물에 대한 내 지식은 보잘것없었다. 그저 물 주고 햇볕을 쬐어 주면 되는 줄 알았는데 토양의 상태라든지, 영양이라든지, 바람이라든지, 하여튼 신경 쓸 게 많았다. 그래서 홀로그램 책을 찬찬히 정독하며 개별 식물에게 필요한 요소가 뭔지 공부하고 있었다. 그때 아이들의 한숨 섞인 목소리가 들렸다.

"진짜 에시디안이래?"

"응. 수연이네 아빠 말이니까 확실할걸? 다음 주 월요일에 올 거라던데."

수연이네 아빠는 학생 보호자 모임 대표였고, 덕분에 수연이는 아빠에게서 많은 정보를 미리 듣는다. 학업에 영향을 미치는 대단한 정보들은 아니었다. 대부분은 학교 행사가 연기된다더라, 이번에 새로운 선생님이 전근을 온다더라 하는 류의, 아이들이 궁금해하는 것들이었다.

이번 주제는 전학생이었다. 물론 전학생은 언제나 모두의 관심사이기는 했다. 그렇다 해도 학생 보호자 모임 대표에게서 미리 전해 들을 만큼 궁금한 정보는 아니었다. 전학생에 대한 관심은 그리 높지 않아서 하루 이틀 지나면 시들해지기 마련이다. 그런데 이번에는 전학이 일주일이나 남은 시점에서 전학생의 소식이 아이들의 이목을 끌었다.

사실 나는 몬스테라를 살리는 데 몰두하느라 전학생이 누구인지 신경 쓸 여력이 없었다. 그런데도 '에시디안'이라는 단어에 귀가 솔깃했다. 17년이라는 짧지 않은 세월을 살면서도 한 번도 만난 적 없는 에시디안. 그들은 정부의 특별 관리 대상자이기도 했다. 온라인 뉴스에서나 접했던 에시디안을 직접 눈으로 보게 된다니.

아이들 말에 따르면 전학생은 우리와 같은 열일곱, 상급 4학년이었다. 다음 주 월요일부터 우리 학교로, 그것도 우리 반으로 등교한다고 했다. 보호자 모임, 특히 상급 4학년 보호자들을 중심으로 에시디안 전학생을 받지 않기 위한 서명 운동이 진행된다고도 했다. 학생들의 안전과 학습권을 보장하기 위해서라는데, 조만간 학생들에게도 서명을 받을 거라나. 선생님들도 교육청에 에시디안의 전학을 보류해 달라고 요청 중이라 들었다.

그러나 교육청은 에시디안도 교육받을 권리가 있다며,

전학 여부는 교육청에서 결정하는 것이지 학교 차원에서 받고 말고 할 사항이 아니라고 선을 그었다고 한다. 이에 불만을 품은 몇몇 보호자들이 교육청에 항의하러 방문까지 했다는데…. 그 결론은 보다시피 다음 주 에시디안 학생의 전학으로 나 버렸다.

보호자들 사이에 소문이 돌았는지 엄마도 그 얘기를 알고 있었다.

"최소한 전학 전에 학부모랑 재학생한테 설문은 받아 봐야 하는 거 아니야?"

엄마가 그 말을 할 때 나는 누렇게 변해 버린 몬스테라 잎을 닦고 있었다. 어떡하면 널 살릴 수 있을까? 나는 아쉬운 마음에 한숨을 쉬었다.

"이런 중대한 일을 아무런 협의 없이 이렇게 밀어붙여도 되는 거냐고."

평소에 내 성적이나 교우 관계 말고는 학교에 특별한 요구 사항이나 불만이 없던 엄마가 이 정도 반응이라니. 아마 수연이네 아빠는 밤잠을 못 이루고 있을 게 분명하다. 특히나 우리 반 아이들은 쉬는 시간마다 모여 어두운 안색으로 전학생 얘기를 주고받았다. 나 또한 걱정이 없는 건 아니다. 다만, 모두가 그러고 있으니 나까지 굳이 걱정할 필요는 없지 않을까 하는 정도? 게다가 나는 에시디안에게 모종의 호기심도 품고 있었다.

"에이, 괜찮겠지. 할머니도 예전에 에시디안이랑 사귀었다며."

돌아가신 할머니가 젊은 시절 에시디안과 깊은 사랑에 빠졌었다는 얘기를 들은 적이 있다. 그게 가능하냐는 내 물음에 할머니는 안 될 건 뭐냐며 웃었다. 불편해서 그렇지 할 거 다 했다고. 대체 뭘 그렇게 했냐며 연애사를 좀 더 캐물었지만 할머니는 말을 아꼈다. 하지만 왠지 그 사랑을 못 잊는 듯한 눈빛이었다. 그렇기에 이번 전학생은 내게 호기심의 대상일 수밖에 없었다.

"그 얘기는 꺼내지도 마. 네 할머니야 워낙에 별종이니까 그렇다 치고."

"엄마, 나도 할머니만큼 별종이야. 내가 그 에시디안 전학생이랑 사귀면 어떡할래?"

엄마 눈이 휘둥그레졌다.

"너어? 농담이라도 그런 말 하지 마! 엄마 심장 떨려!"

"알았어, 미안해."

내가 웃으며 사과하는데도 엄마는 몇 번이고 내게 다짐을 받았다. 할머니를 닮아 모험심이 강하다는 말을 들어 온 나였기에 엄마는 가슴을 쓸어내린 적이 여러 번이었다. 그래서 이번에도 혹시나 하는 것이다. 급기야 엄마는 휴대 전화를 들고 '산성 호흡 안전장치'를 검색하기에 이르렀다. 나는 그런 엄마를 보며 피식 웃음 짓고는 몬스테라 잎을 마저 닦았다.

　물론 나도 완전히 아무렇지 않은 건 아니다. 에시디안에 대한 우려스러운 소문이 머리 한쪽을 차지하고 떠나지 않았다. 아까 학교에서 통신망으로 에시디안을 검색해 봤다.

　에시디안은 방사능에 노출돼 유전자에 손상을 입고 유전적 변이가 일어난 사람들을 지칭합니다. 이들은 호흡 과정에서 산성 물질을 생성하는 '산성 호흡'을 합니다. 이러한 변이는 방사능으로 인한 DNA 손상에 의해 발생하며, 유전자의 기능을 영구적으로 변형시킵니다.

　호흡할 때 이산화탄소를 배출하는 우리와 달리, 에시디안은 산성 물질이 섞인 숨을 뱉는다는 뜻이었다. 그들을 지칭하는 '에시디안'이란 용어도 거기서 비롯됐다고 한다. '산(酸)'을 뜻하는 'acid'에 사람을 뜻하는 '-ian'을 붙인 것이다.

　에시디안의 생김새와 관련 기사도 찾아봤다. 에시디안

은 하나같이 피부에 붉은 반점들이 나 있었고, 상처를 입으면 회복이 쉽지 않아서인지 이곳저곳 짓무른 부위가 많았다. 혈관에도 산성 물질이 흐르고 있기 때문일까? 자세한 내용을 찾아보려고 했으나, 관련 정보가 거의 없었다. '그렇다더라' 정도의 기사가 다였다.

그 기사들은 에시디안이 호흡하며 배출하는 산성 물질 때문에 생기는 여러 문제들을 다루고 있었다. 한 에시디안의 반려견은 주인과의 잦은 접촉으로 인해 피부 가려움증을 심하게 앓았다고 한다. 산성 물질이 문제를 일으킨 것이다. 결국 그 반려견은 다른 사람에게 입양을 보냈다고 했다. 또 어느 에시디안의 회사 동료들은 기관지에 산성 물질이 침착돼 심각한 호흡기 질환을 앓게 됐다고 했다.

기사들은 꽤나 오래전의 것이었다. 에시디안이 산성 호흡을 한다는 게 밝혀지기 전이라, 이런 사고를 당한 게 아닌가 싶다.

산성 호흡의 위험성이 밝혀진 이후로, 에시디안을 고용하는 회사나 에시디안 아이들이 다니는 학교는 산성 물질을 거르는 공기 정화 장치를 필수적으로 설치하게 됐다. 또한 에시디안은 산성 물질 방출을 막는 안전 보호구를 착용하고 지내게 됐고.

그래도 사람들은 불안해했다. 정화 장치나 보호구를 신뢰하지 못했다. 이해는 된다. 아무래도 주변에서 쉽게 접하지 못하는 사람들이니 꺼려지겠지. 할머니도 이런 말을 했었다. 사람들은 잘 모르는 것을 두려워한다고. 그러나 뭐든 부딪쳐 보기 전까지는 딱 잘라 판단해선 안 된다고. 모든 것에는 긍정적인 면이 있다는 생각을 하고 살라고 하셨다.

그날 밤, 자려고 누웠는데 자꾸만 낮에 본 에시디안들의 모습이 떠올랐다. 눈살이 찌푸려지는 사진도 여럿이었다. 하지만 그 중에서도 후드를 깊이 눌러쓴 내 또래 남자아이의 사진이 뇌리에서 떠나지 않았다. 그 아이는 고개를 조금 숙인 채 정면을 바라보고 있었는데, 그래서인지 눈을 치뜬 것처럼 보였다. 그 아이의 눈동자는 빨간색이었다.

* * *

나는 홀로그램 책에서 시키는 대로 매일같이 몬스테라에게 물을 주고 잎을 닦았다. 그러나 몬스테라는 나아질 기미가 보이지 않았다. 오히려 하루가 멀다 하고 잎이 누렇게 변했다. 아무래도 흙 속의 영양분을 제대로 공급받지 못하는 것 같았다. 그래서 몬스테라를 더 깊이 심기 위해 줄기 하나를 슬쩍 만지자 너무도 힘없이 쓰러져 버렸다. 줄기 끝에는 남아 있는 뿌리가 거의 없었다.

'쉬운 일이 아니구나.'

이리저리 애쓰는데도 잘 안 되니 한숨이 나왔다. 뭘 어떻게 해야 하는 걸까? 나는 얼마 안 되는 뿌리나마 땅으로 깊숙이 뻗기를 바라며 몬스테라를 다시 심었다. 그러고는 등교를 하는데, 그래서일까? 길가의 푸른 나무들에게 눈길이 갔다.

저 나무들이 모두 가짜라니. 30년 전만 해도 인공 수목이 아닌 살아 있는 나무를 심었다고 한다. 그때는 건기와 우기로 나뉘는 지금과는 달리 봄, 여름, 가을, 겨울이 뚜렷해서 계절에 따라 각기 다른 종류의 나무들이 꽃을 피우고 잎을 떨어트렸다. 여름철 기온도 지금보다 3도쯤 낮아 37도에 머물렀고, 폭설이나 우박도 겨울철에만 내렸다. 한 달에 두세 번은 폭설이나 우박에 대비해야 하는 지금과는 달라도 많이 다른 환경이었으니 수목 관리가 쉬웠을 것이다.

그나저나 지난 건기에는 지독한 가뭄과 기온 상승 때문에 경기도 서쪽의 사막화 현상이 심해졌다고 한다. 한 세기 전 뉴클라리움 사건으로 완전히 사막이 돼 버린 강원도에 이어 경기도까지 사태가 심각하다니. 이러다 한반도 전체가 사막이 되는 건 아닌가 걱정하는 목소리들이 컸다. 만약 뉴클라리움 사건이 없었다면 식물 키우기가 지금보다 수월했을까? 에시디안도 없었겠지?

굴지의 핵에너지 기업인 '뉴클라리움'의 강원도 청해군 공장이 지진 때문에 무너진 게 20세기 중반이었으니, 어느덧 100년이 흘렀다. 안전장치가 제때 가동돼 폭발로 인한 대규모 피해는 막았으나, 이후 공장 오염물을 처리해야 하는 일이 남아 있었다. 그때는 모두가 안전하다고 믿었던 방식을 택했다. 정부와 뉴클라리움은 아무 문제가 없을 거라 생각하고 공장 인근의 '율령리'에 터널을 파고 그 안에 오염물을 매장했다.

율령리가 점점 황폐화되다 못해 사막으로 변하고 나서야 역학 조사가 시작됐으나 이미 손을 쓸 수 없는 상태였다. 율령리의 사막은 점점 세력을 넓혀 청해군과 강원도를 모래땅으로 만들었다. 그리고 이제는 경기도 일부까지 사막화가 진행되고 있다.

율령리 인근 지역민들이 산성 호흡을 하기 시작한 것 또한 터널이 생긴 지 몇십 년이 훌쩍 지난 후의 일이었다고 한다. 그래서 처음에는 그 연관성을 파악하지 못했고, 에시디안이 점점 늘어나는 것도 막지 못했다.

몬스테라가 죽어 가는 걸 뉴클라리움 탓으로 돌리고

싶은 마음은 없다. 할머니는 잘만 키우셨으니까. 이럴 줄 알았다면 할머니가 살아 계셨을 때 식물 키우는 방법을 좀 배워 놓을걸. 그런 생각을 하다 보니 어느새 학교에 다다랐다. 교문을 통과하려는데, 누군가가 내 앞을 가로막는 통에 그 사람과 부딪혔다. 실은 내가 어떻게 하면 몬스테라를 살릴 수 있을까 고민하다 앞을 못 본 탓이었다. 나는 얼른 고개를 숙였다.

"죄송합니다! 앞을 못 봤어요!"

그러고는 괜찮냐고 묻기 위해 고개를 들었는데, 차마 말을 잇지 못했다.

나도 작은 편은 아닌데, 내 위로 머리 하나는 더 있었다. 부딪혔을 때 몸이 단단하게 느껴진 것에 비해 호리한 체격이었다. 후드를 깊이 눌러쓴 모습에서 얼마 전 인터넷 기사에서 본 이미지가 떠올랐다.

'에시디안?'

그 아이였다. 우리 학교로 전학 온다던.

붉은 눈동자가 나를 내려다봤다. 나도 모르게 뒷머리가 삐죽 서고 등허리에 식은땀이 흘렀다. 나는 마른침을 꿀꺽 삼키며 한 걸음 뒤로 물러섰다.

다른 아이들은 몰라도 나는 괜찮을 줄 알았다. 할머니의 연애사를 알고 있으니까. 그런데 어쩐지 이 아이 앞에서는 숨을 쉬면 안 될 것 같았다. 그 아이가 내뿜는 산성 물질이 내 폐로 들어올까 봐. 그 아이는 분명 마스크를 쓰고 있었는데도 내 안에 불안이 스멀스멀 피어올랐다. 나는 몰래 숨을 꾹 참고 눈길을 돌렸다. 그러고는 빠르게 몸을 틀어 걷기 시작했다. 한참을 걷고 나서야 참았던 숨을 토해 놓았다.

멀찍이서 다시 돌아 그 아이를 봤다. 손에 무언가를 들고 있었다. 이름 모를 식물 하나가 심긴 작은 화분이었다.

그 아이를 다시 본 건 교실에서였다.

이미 학교에는 등교 사실이 쫙 퍼져서 아이들은 그 아이가 교실로 오기 바로 직전까지 큰일 났다는 둥, 어떡하냐는 둥, 불안에 떨었다. 각 교실과 복도에 산성 호흡 정화 장치가 설치됐음에도 난리법석이었다. 개별로 준비해 온 안전 마스크를 착용하는가 하면, 피부가 조금이라도 드러난 부위가 있으면 산성 물질로부터 보호하는 크림을 꾸덕꾸덕 발랐다. 그 모습이 마치 전쟁을 준비하는 군인 같기도 하고, 재난 지역을 수습하러 들어가는 소방관이나 의료진 같기도 했다.

나는 조금 망설이다가 가방 앞주머니를 열었다. 엄마가 이틀 전에 사 준 안전 마스크가 눈에 들어왔다. 한사코 괜찮다고 했지만 엄마의 등쌀을 이길 수는 없었다.

"네 기관지는 무쇠로 만들어졌다니? 아니, 무쇠로 만들어지면 뭐 해. 산성 물질이 닿으면 녹스는데."

차마 에시디안을 욕하지는 못했지만 엄마의 말에는 불안과 걱정이 짙게 깔려 있었다. 에시디안에게도 인권이 있다는 말은 현실에서는 통하지 않는 모양이다. 사람들은 그들의 권리를 보호하다가 도리어 자신이 험한 꼴을 당할까 봐 걱정한다.

그렇지만 나는 마스크를 꺼내지 않았다. 아까 그 아이를 처음 봤을 때 당황해하며 피한 일이 못내 마음에 남았다. 사람을 그렇게 피하면 안 되는 건데. 그 아이도 내가 피한다는 걸 다 느꼈을 거다. 미안한 마음이 들었다. 또한 지레짐작해서 공포에 빠지고 싶지도 않았다. 할머니가 늘 하던 말을 다시 한번 떠올렸다.

'너무 겁먹지 마. 직접 겪어 보면 별일 아닐 때가 더 많아. 시작도 하기 전에 겁에 질리면 특별한 기회를 놓칠 수 있어.'

1교시 시작 전, 담임 선생님이 그 아이를 데리고 교실로 들어왔다. 문이 열리자 웅성거리던 아이들은 한순간 얼어붙어서 눈동자만 겨우 움직였다.

선생님 또한 긴장한 표정이었다. 힐끔힐끔 그 아이 눈

16

치를 보며 어렵게 입을 열었다. 오늘부터 특별한 친구가 우리와 함께하게 됐다며 이름을 말하려는 순간, 그 아이가 한 발짝 앞으로 나왔다.

"제가 할게요."

후드를 눌러쓴 그 아이는 붉은 눈동자로 우리를 쭉 둘러봤다. 들고 있던 화분은 손에 없었다. 몇몇 아이들이 신음을 흘렸다. 대부분은 숨소리도 내지 않고 그 아이를 응시했다. 다들 어떤 표정을 지어야 할지 모르겠다는 얼굴이었다. 이윽고 그 아이 목소리가 흘러나왔다.

"내 이름은 테오. 에시디안이야."

여기까지는 전학생이라면 누구나 할 만한 말이었다. 테오는 말을 이었다.

"너희들이 날 불편해하는 만큼, 나도 너희들이 불편해. 그러니 너희들만 힘들 거라는 생각은 하지 않았으면 좋겠어."

순간, 여기저기서 웅성거리기 시작했다. 도발적이어도 너무 도발적인 발언이었다. 아이들은 당황스러운 눈빛을 교환했다. 교실에 폭탄을 던진 테오는 정작 얼굴빛이 조금도 변하지 않았다. 아니, 실은 눈빛 말고는 알아볼 얼굴이 없었다. 후드와 필터 달린 특수 마스크를 착용한 것도 모자라 상하의도 전부 긴 옷이었다. 게다가 손에는 움직

이기도 힘들 만큼 두꺼운 금속 장갑을 끼고 있었다. 찌는 듯한 실외와 달리 실내는 에어컨이 작동 중이라 시원했지만, 그래도 온몸을 감싸고 있으면 숨이 막힐 듯했다. 에시디안이라고 숨을 쉬지 않아도 된다거나 더위를 타지 않는 건 아닐 텐데….

담임 선생님은 술렁이는 교실 분위기를 달랬다. 그동안 테오는 태연한 눈빛으로 우리를 둘러봤다. 아이들은 거북한 심기를 조금씩 가라앉혔다. 하지만 다들 테오를 고운 눈으로 바라보지는 않았다.

선생님의 말이 이어졌다.

"자리를 정해야 하는데…."

좁은 공간에 남은 자리라고는 복도 쪽 제일 뒷줄의 수연이 옆뿐이었다. 수연이는 얼굴이 하얗게 질려 고개를 저었다. 선생님은 하는 수 없다는 듯 눈을 돌렸다. 수연이 아빠가 보호자 대표라는 걸 선생님도 잘 알고 있었다. 수연이가 테오와 짝이 된다면 곧바로 민원이 들어올 것이다. 그렇다고 다른 아이들은 공략이 쉬운가 하면, 그것도 아니었다. 다들 '나만 아니면 돼'라는 표정으로 선생님의 시선을 피했다. 누가 테오와 짝이 되고 싶겠는가. 그럴 때 제일 만만한 게 눈 마주치는 사람이다.

"어, 그래. 해율아, 네가 테오를 좀 도와주겠니?"

선생님 눈길이 내게서 멈췄다.

"네? 저요?"

선생님의 지명이 처음에는 당황스러웠다. 그래도 누군
가는 해야 할 일이었다. 테오의 목소리를 듣고 난 후부터
는 막연한 불안이 걷히기도 했다. 온몸을 꽁꽁 감싼 탓에
눈밖에 안 보이고, 충격적인 발언으로 아이들을 혼란에
빠뜨렸지만, 할머니 말에 따르면 이건 특별한 기회다. 쉽
게 만날 수 없는 에시디안을 알아 갈 수 있는 기회. 게다
가 테오가 들고 있던 화분…. 아마도 키우는 것인 듯한데,
식물은 아무나 보살필 수 있는 게 아니다.

나는 그 아이가 조금 궁금해졌다. 새로운 식물을 찾아
오지로 떠나길 좋아했다는 할머니처럼 새로운 모험을 시
작하는 기분이 들었다. 엄마가 알면 한바탕 난리가 나겠
지만.

"네, 그럴게요."

그러자 몇몇 아이들이 걱정스러운 눈길을 던졌다.

자리 이동이 빠르게 이루어졌다. 원래 내 짝이었던 정
호는 수연이 옆으로 이동하고 테오가 뚜벅뚜벅 걸어와 빈
옆자리에 앉았다. 곧 수업이 시작됐다.

"잘 부탁해."

나는 작은 목소리로 말을 붙였다. 그러나 테오는 눈동

자만 움직여 나를 힐끔 볼 뿐 대답하지 않았다. 낯을 가리는 걸까. 좀 전의 폭탄 발언을 할 때와는 사뭇 다른 분위기였다. 무안해진 나는 머리를 쓸어 넘기며 홀로그램 책을 펼쳤다.

2

테오가 전학 오고 일주일이 흘렀다. 엄마는 내가 테오
와 짝이 된 걸 알고 많이 속상해했다. 학교에 연락해 짝
을 바꿔 달라고 말한다는 걸 내가 말렸다.

"왜? 너는 걔랑 짝인 게 아무렇지도 않아?"

"그건 아닌데… 내가 아니어도 누군가는 걔랑 짝을 해
야 하잖아."

엄마는 네가 왜 그런 걱정을 하냐고 했지만, 민원으로
인해 짝이 바뀌면 테오와 새로운 짝이 된 아이는 나를 원
망할지도 모른다. 그렇게까지 하고 싶진 않았다. 나는 별
일 없을 거라는 말로 엄마의 불안을 달랬다.

다행히 그동안 큰 문제는 벌어지지 않았다. 여기서 큰
문제란 '에시디안' 키워드로 검색했을 때 흔히 접할 수 있
는 상해, 이를테면 에시디안이 내뿜는 산성 물질에 의한

호흡기 질환이나 피부염 등을 말한다.

"방심은 금물. 언제 어떻게 당할지 모른다고."

수연이는 산성 물질로부터 피부를 보호해 주는 고급 특수 크림을 바르며 그렇게 말했다. 우리는 점심을 먹고 운동장 벤치에 앉아 쉬는 중이었다. 수연이는 특수 크림이 너무 비싸다며 투덜거렸다.

"왜 우리 학교에 전학 온 거래? 에시디안 전용 학교도 있다면서."

"에시디안 전용 학교? 그런 게 있어?"

내 물음에 수연이가 직접 휴대 전화로 그 학교를 검색해 줬다.

"이런 데가 있구나. 몰랐네."

"에시디안 아이들은 거의 다 전용 학교에 다닌대. 자기도 우리가 불편하다며. 그런데 왜 굳이 일반 학교에 오냐고."

틀린 말은 아니었다. 테오 말처럼, 우리가 불편한 만큼 자신도 불편할 것이다. 그 아이는 일주일 동안 단 한 번도 마스크를 벗지 않았다. 심지어 식사 시간 때조차도. 테오는 급식실에서 배식을 받아 어디론가 사라졌다. 사람들이 없는 곳에서 밥을 먹는 것이다. 몇몇 아이들이 테오가 밥 먹는 걸 봤다고 얘기하곤 했는데, 나도 어제 그 모습을 봤다. 아이들이 말하는 '테오 전용석'에서. 테오 전용석이란 학교 뒤꼍에 있는 공용 벤치를 말한다. 테오가 식판을 가지고 거기에서 밥을 먹기 때문에 그렇게 불렸다. 테오 전용석에는 테오 말고 아무도 앉지 않았다.

선생님은 테오가 밥 먹을 때 잠깐 마스크를 벗는 건 공기 정화 장치가 있기 때문에 큰 문제가 될 게 없다고 했다. 며칠 함께 생활하다 보니 그 아이가 처음처럼 그리 위험하게 느껴지지도 않았다. 그새 익숙해진 걸까?

그래서 점심시간 전에는 이렇게 물어보기도 했다.

"공기 정화 장치도 있는데 밥 같이 먹어도 괜찮지 않을까?"

그 아이는 조금 무뚝뚝한 말투로 이렇게 대답했다.

"내가 알아서 해."

아이들이 서로 눈빛을 주고받으며 어딘가를 바라봤다. 자연스레 나도 그쪽으로 눈길을 돌렸다.

테오였다.

그 아이 반경 10미터 내로는 마치 보이지 않는 울타리가 쳐진 것처럼 휑했다. 누가 보면 그 아이 혼자 자리를 독차지한다고 오해할 것이다. 점심시간뿐만 아니라 쉬는 시간이나 수업 시간, 모둠 활동을 할 때에도 테오는 홀로 있을 때가 많았다. 함께지만 혼자였다. 마치 외딴섬처럼. 그러면서도 모두의 주목을 받았다. 차라리 누구의 관심도 끌지 않는 외톨이가 낫겠다 싶었다.

그 아이는 뜨거운 햇빛 속에서 동굴을 찾아 헤매는 박쥐였다. 아무리 찾고 찾아도 동굴을 찾지 못해 햇빛에 온전히 노출된 박쥐. 모두가 햇빛을 반기지는 않을 것이다. 누군가는 피하고만 싶겠지. 나는 테오에게 향하는 따가운 시선의 10분의 1도 못 견딜 거다.

테오는 농구하는 아이들을 구경했다. 누군가가 점수를 낼 때마다 주먹을 불끈 쥐는 게 보였다. 농구 경기에 끼고 싶은 듯 보였는데, 같이 하자는 말은 못 하는 것 같았다.

우리만 참고 있는 건 아닐 테다. 테오 역시 이 시간을 버티는 게 아닐까? 나라면 차라리 에시디안 전용 학교에 가고 싶을 것 같은데. 수연이 말마따나 테오는 왜 이 학교에 온 걸까? 궁금했지만 직접 물어보기는 좀 그랬다. 꼭 이 학교를 떠나라는 말처럼 들릴지도 모르니까. 법적으로는 에시디안도 어느 학교에나 다닐 권리가 있지 않나.

며칠 지켜본 바로 그 아이는 생각보다 학교생활에 진심이었다. 수업 태도도 좋았고, 성실했다. 쉬는 시간에 읽는 책도 내가 요즘 관심 있는 '식물'에 관한 거였다. 전학 온 첫날 화분을 들고 있던데, 혹시 식물 키우기가 취미일까? 그렇다면 테오에게 뭔가 팁을 얻을 수 있을지도 모르겠다.

다른 아이들은 테오의 장점을 못 보는 듯했지만, 바로 옆자리에 앉은 내 눈에는 속속들이 보였다. 어쩌면 내가 할머니의 관찰력을 물려받아서 그런 걸지도.

그래서 용기 내어 그 아이에게 조금 더 다가가 보려 했다. 그런데 내가 뭘 잘못한 걸까? 테오에게 조금 가까이 가려고 할 때마다 매몰차게 거절당했다.

이유도 모른 채.

* * *

미술 시간이었다. 소묘를 배우고 있었는데, 오늘은 물체를 그리는 날이었다. 선생님은 그날 그릴 정물로 원통을 가져왔다.

"소묘라고 해서 눈에 보이는 대로 그리는 게 아니에요. 빛과 그림자는 언제든 우리의 눈을 속일 수 있거든요. 중요한 건 어떻게 그려야 이 물체의 진상을 드러나게 할 수 있느냐죠."

선생님은 우리에게 연필과 도화지를 나눠 줬다. 보이

25

는 게 다가 아니라는 선생님의 지도에 따라 우리는 원통을 그리기 시작했다. 소묘는 생각보다 수학 같은 면이 있었다. 쉽게 말해, 공식이 있었다. 면을 둥글게 보이게 하려면 어디에 음영을 주고 어디를 밝게 해야 하는지가 정해져 있었다. 그림을 잘 못 그려도 그 공식을 따라 하면 어느새 원통을 그릴 수 있었다.

그렇게 얼마나 시간이 지났을까? 아이들은 어느 정도 완성한 자신의 그림을 서로에게 자랑했다. 내 그림도 꽤 마음에 들었다. 멀리서도 바라보고 가까이에서도 바라봤다. 이게 내가 그린 그림이란 말이지? 뿌듯한 마음에 친구들에게 보여 주려고 고개를 돌릴 때였다.

옆자리 테오의 텅 빈 도화지가 눈에 들어왔다. 테오는 책상 위에 도화지를 올려놓은 채 곤란한 표정을 짓고 있었다. 모른 척 넘어가려다가 조심스럽게 테오에게 말을 붙였다.

"도와줄까?"

테오는 이번에도 말이 없었다.

"나도 소묘는 처음이라 어렵더라고. 그래도 선생님이 시키는 대로 하니까 할 만하던데? 내가 좀 알려 줘도 될까? 아, 혹시 연필이 짧아서 그래?"

테오 책상 위에는 몽당연필이 있었다. 아이들이 그냥

26

내버려두라는 듯 말렸지만, 나는 괜찮다고 미소 지으며 교탁에 준비된 연필 중 가장 새것을 가지고 왔다.

"이건 새거야. 이거 써."

이왕이면 잘 깎인 새 연필로 그리면 기분이 좋으니까, 이만하면 그릴 마음이 생기겠지. 그렇게 기대하면서 테오에게 연필을 내밀었다.

한편으로는 테오에게 먼저 말을 건 내가 대견하기도 했다. 편견과 차별보다는 따뜻한 미소와 환대로 사람을 대하는 것. 생각보다 실천하기 어려운 일을 행동으로 옮겼으니까. 만약 할머니가 살아 계셨다면 날 자랑스러워하셨을 텐데. 그런 생각을 하고 있을 때였다.

"필요 없어."

"응?"

"그런 친절, 필요 없다고."

테오의 차가운 목소리에 주변의 다른 아이들이 더 기분 나빠 했다.

"강테오, 말이 너무 심한 거 아니야? 해율이가 너 도와주려고 그런 거잖아."

테오는 눈길을 피할 뿐 묵묵부답이었다. 딱딱하게 굳은 테오의 표정을 보니 욱하는 마음이 들었다.

"그런 친절이라니? 그게 무슨 말이야? 내 친절이 뭐

어때서?"

"날 불쌍하게 생각하지 마. 난 아무렇지 않으니까."

살짝 억울한 마음이 들었다.

"나 너 불쌍하게 생각 안 해. 마음대로 착각하지 마. 연필 가져다준 게 잘못은 아니잖아."

그때였다. 내 말이 끝나기가 무섭게 테오가 내 손에서 연필을 가져가더니 난데없이 장갑을 벗었다. 식겁한 아이들이 교실 밖으로 뛰쳐나갔다. 선생님도 목소리를 높였다.

"강테오, 무슨 짓이야! 얼른 장갑 껴!"

그러나 테오는 선생님의 말을 듣지 않았다.

"그럼 어떡해요? 장갑 끼고는 연필을 쥘 수 없는데. 잠깐은 벗어도 괜찮아요. 아무 문제 없다고요!"

테오는 아이들을 향해서도 소리쳤다.

"너네 다 마스크까지 쓰고 있잖아! 그런데 뭘 그렇게 두려워해?"

그러더니 잔뜩 인상을 쓴 채 그림 그리기에 몰두했다. 나는 그림을 그리는 테오의 손을 바라봤다. 처음이었다. 그런 손을 본 건. 심한 염증이 손가락 마디마디와 손등 전체를 덮고 있었다. 연필이 닿는 부위에도 염증이 심했다. 그런데도 테오는 아픈 내색 없이 원통을 그리기 시작했다. 그때 급히 다가온 선생님이 내 손목을 붙잡고 테오에게서 떼어 냈다.

얼마 지나지 않아 테오의 소묘가 완성됐다. 그것도 너무 완벽하게. 아까와는 다른 의미로 놀랐다. 테오가 이렇게나 그림을 잘 그릴 줄은 몰랐다.

테오는 연필을 내려놓더니 다시 장갑을 착용하고 자리에서 일어났다. 붉은 눈동자가 나에게 쏘아붙였다.

"네가 뭘 잘못했냐고? 네 친절이 뭐가 어떠냐고. 잘 모르면서 친절할 바에는 차라리 제대로 알고 불친절한 게 나아."

내가 뭐라 말을 하기도 전에 테오는 걸음을 옮겨 교실을 나갔다. 복도에 있던 아이들이 화들짝 놀라며 양쪽으로 갈라졌다. 선생님이 어디 가냐고 불러도 테오는 걸음을 멈추지 않았다. 때마침 수업 종이 쳤다. 그제야 아이들은 기다렸다는 듯이 눌러 놓았던 감정을 터뜨렸다. 우는 아이도 있었고, 욕을 하는 아이도 있었다. 대부분이 걱정 가득한 얼굴이었다. 선생님은 아이들을 진정시키며 작품을 제출하라고 한 뒤, 내게 다가왔다.

"해율아, 아까 많이 놀랐지?"

나는 뛰는 가슴에 가만히 손을 올렸다.

"네, 괜찮아요."

"다행이다. 그림 다 그렸지? 네 작품도 내 줄래?"

책상에서 내 그림을 손에 드는데, 테오의 그림이 눈에 들어왔다. 어쩜 저렇게 잘 그리면서 왜 미술 시간 내내 멍하니 앉아 있기만 했을까? 나는 내 그림을 들고 가려는 선생님을 잡고 물었다.

"선생님, 테오 그림은요?"

"아, 그거…. 잠깐만."

선생님은 잠시 고민하는 듯하더니, 청소 용품함에서 고무장갑과 집게를 꺼냈다. 테오가 장갑을 벗고 그림을 그렸으니 산성 물질이 묻어 있을지 모른다. 혹시 모르는 위험에 대비해 안전을 확보해야 하는 게 맞지만 그리 보기 좋은 모습은 아니었다. 선생님의 염려가 조금 과한 게 아닐까? 걱정되는 마음은 이해하지만, 그렇다고 이렇게까지 조심하고 경계해야 하나? 테오가 내게 소리치고 함부로 한 건 화가 나지만, 그 아이 말도 어느 정도 일리가 있었다. 어쩌면 우리가 그 아이를 너무 많이 두려워하는 걸지도 모른다.

"테오 그림은 제가 교무실로 가져갈게요."

선생님은 그럴 필요 없다고 했지만, 나는 꼭 그러고 싶었다. 잘 모르면서 친절할 바엔 제대로 알고 불친절한 게 낫다고? 테오의 말이 가슴에 콕 박혔다. 참 나, 모르긴 내가 뭘 모르는데?

벽을 세우는 테오가 원망스럽기도 했다. 아이들이 테오를 싫어하는 건 부인할 수 없는 사실이다. 그렇더라도 서로가 가까워지려면 테오가 노력해야 할 부분도 있다. 누군가가 손을 내밀면 그것을 잡는 것도 용기다. 그런데도 테오는 내가 내민 손을 잡으려 하기는커녕 잘 모른다는 둥, 차라리 불친절하라는 둥, 뾰족한 말만 하고 가 버렸다.

정 그러면 테오 그림을 챙겨 달라는 말과 함께 선생님이 교실을 나갔다. 나는 선생님이 남기고 간 고무장갑을 손에 낀 채 테오 자리로 갔다. 그러곤 그림을 집어 드는데, 테오의 그림 아래에 적힌 문장이 눈에 들어왔다.

'나는 때로는 한없이 위험하지만, 때로는 전혀 위험하지 않아.'

3

테오의 돌발 행동으로 학교에 질병청 직원이 파견됐다. 그는 학생들을 모아 놓고 안심하라는 차원에서 교육을 했다. 물론 에시디안에게서 나오는 산성 물질은 몸에 닿으면 문제가 될 수 있다고, 특히 장기간 지속적으로 노출되면 위험하다고 했다. 하지만 잠깐은 괜찮으니 걱정하지 말라고 했지만, 아이들 얼굴에는 근심이 가득했다. 학교 측도 앞으로는 테오가 위협적인 행동을 하지 않도록 단단히 지도하겠다고 입장을 밝혔다. 그렇지만 그것으로 사태가 일단락되는 건 아니었다.

장갑 사건 이후, 아이들은 테오를 언제 또 돌발 행동을 할지 모르는 폭탄으로 여겼다. 여태까진 테오를 향한 노골적인 괴롭힘이나 따돌림은 없었다. 오히려 테오를 감싸려는 아이들도 조금은 있었다. 차별과 혐오가 나쁘다는 건 우리 모두가 알았다. 뒤에서 수군대거나 불편해할지는 몰라도 그 아이를 대놓고 꺼리는 분위기는 아니었다. 하지만 장갑 사건, 아니, 정확히는 테오가 보인 공격적인 행동은 많은 아이들에게 똑같이 공격적이어도 괜찮다는 면죄부를 발행해 줬다. 전에는 테오가 옆에 있으면 불편한 듯 슬금슬금 멀어지는 분위기였다면, 이제는 대놓고 눈을 흘기거나 테오가 지나갈 때 아닌 척 욕설 비슷한 말을 하기도 했다. 그 아이에 대한 안 좋은 말들을 익명으로 SNS에 퍼뜨리는 아이들도 있었다.

나는 그런 아이들을 볼 때마다, 그리고 그것을 견디느라 잔뜩 굳어 있는 테오를 볼 때마다 가슴이 조마조마했다. 언젠가 한번은 터질 듯한 긴장감이 교실을 감싸고 있었다.

그러다 결국 충돌이 일어났다.

먼저 시작한 쪽은 테오였다. 누군가가 테오의 책상에 빵 봉지를 버리고 간 게 원인이었다.

"이거 누구야?"

테오의 물음에 아무도 대답하지 않았다. 힐긋거리는 아이들, 숨죽여 킥킥대는 아이들, 모른 척하는 아이들. 그 반응들 속에서 테오의 숨소리가 점점 거칠어졌다. 옆자리에서 보다 못한 내가 나섰다.

"테오야, 그거 줘. 내가 버릴게."

빵 봉지를 가져가려 했지만, 테오가 빠르게 손을 뺐다.

"버린 사람이 안 가져가면 또 불편할 일 생길 거야."

장갑을 또 벗을 거라는 협박처럼 들렸다. 그때, 지켜보던 현민이가 나섰다.

"너 지금 우리 협박하냐?"

"협박? 너희가 먼저 시작했어. 나는 똑같이 돌려주려는 것뿐이고."

현민이가 코웃음을 쳤다.

"우리가 뭘 시작했는데?"

그러곤 교실을 둘러보며 동의를 구했다.

"네가 우리를 불편하게 만들겠다며? 시비는 네가 먼저 걸었어!"

테오의 눈 주위가 벌게졌다. 금방이라도 폭발할 것 같았다. 테오가 떨리는 목소리로 현민이에게 물었다.

"이 빵 봉지, 네가 버렸어?"

"그래, 내가 버렸다. 어쩔래?"

그 순간, 테오가 현민이 앞으로 저벅저벅 걸어갔다. 싸움이라도 하려는 걸까?

"테오야, 안 돼!"

나는 깜짝 놀라 그 아이를 말리려 했다. 그러나 테오

는 내가 손 쓸 새도 없이 현민이를 향해 손을 뻗었다. 현민이가 움찔하는 사이, 주먹 대신 빵 봉지가 얼굴로 날아갔다.

"한 번만 더 이딴 짓 하면 가만 안 둘 거야."

"뭐 하는 짓이야?"

돌아보니 잔뜩 인상을 쓴 선생님이 어느새 교실에 와 있었다. 선생님의 성난 눈길은 테오를 향해 있었다. 옆에 우리 반 아이들이 우르르 몰려 있는 것으로 봐 선생님은 신고를 받고 온 듯했다.

누구의 잘못인지 어느 정도 결론이 나 있는 듯한 분위기였다.

그간의 일들을 근거로 학교는 테오에게 징계를 내리기로 했다. 지속적으로 위험 행동을 하는데 어떻게 그냥 넘어가냐는 학부모들의 거센 민원도 있었다고 한다.

개인의 인권도 중요하지만 다수의 안전도 중요하다. 테오에게 잘못을 뉘우치고 다시는 그러지 않겠다는 반성문을 제출하라 했지만 거부했다고 한다. 그러자 학교는 조금 더 강하게 나갔다. 기한 내에 반성문을 내지 않는다면 분리 조치를 하겠다고.

결국, 테오는 제출 대신 분리를 택했다. 그리 억울하지도 않아 보였다.

글쎄, 테오가 분리를 선택한 걸까? 나는 어쩌면 학교가 테오를 분리한 건 아닐까 하는 생각을 했다. 왜 그런 생각이 든 건지는 모르겠다. 다만, 분리 교실로 이동하는 테오의 눈빛이 조금 슬퍼 보이긴 했다. 한편으로는 분리가 싫으면 사과를 하면 되고, 사과가 싫으면 거친 행동을 안 하면 되지 않나 하는 답답한 마음도 생겼다.

* * *

테오는 일주일간 다른 학생들과 분리되었다. 그 잠깐의 시간 동안 학교는 과거의 생기를 되찾은 듯 보였다. 아이들은 테오가 없는 것처럼 학교를 다녔다. 실제로 테오는 우리 눈에 띄지 않았다. 아예 나오지 않는 건가 싶어서 선생님께 물었더니, 그건 아니었다. 테오는 매일 분리 교실로 등교하고 있었다.

참 이상하게도, 나는 테오에게 아무런 거리낌이 없다고 생각했는데, 그 아이가 없는 며칠 동안 숨쉬기가 편했다. 한편으론 테오는 그동안 그 많은 안전 장비를 착용하고 어떻게 지냈을까 마음이 쓰였다.

아니라고 했지만 실은 나도 테오를 경계했을까? 잘 모

르겠다. 내가 그간 어떤 마음이었는지.

일주일이 지나고, 테오가 교실로 돌아오는 날이 됐다. 등굣길에 교문 앞에서 익숙한 뒷모습을 봤다. 테오였다.

알은체를 할까? 사실 반가운 마음보다는 의무감이 컸다. 일주일 만에 만난 짝에게 가벼운 인사 정도는 건네야 하지 않을까 하는. 하지만 입이 쉽게 떨어지지 않았다. 그렇게 망설이는 사이, 테오는 저만치 멀어져 버렸다. 나는 테오를 주시하며 교문 안으로 걸음을 옮겼다.

운동장을 가로지르던 테오는 교실이 있는 본관 건물이 아닌, 분리 교실이 있는 별관으로 향했다. 아직 징계가 안 끝났나? 그건 아닐 텐데. 어제, 선생님이 테오가 오늘 돌아올 거라고 말했고, 그 때문에 교실 가득 한숨이 터져 나왔었다. 혹시 오늘 분리가 끝난다는 걸 모르나? 아니면 교실로 돌아오기 어색해서 그러나?

'에이, 내가 무슨 상관이람.'

애써 신경을 끄고 본관으로 걸음을 옮기려 했다. 그런데 자꾸만 테오가 눈에 밟혔다. 나는 발길을 돌려 테오를 빠르게 쫓았다.

"테오야!"

테오는 돌아보지 않았다. 오히려 걸음을 더 빨리했다. 내 목소리를 못 들었나? 조금 더 속도를 높여 뒤쫓았다.

테오는 별관 정문을 열고 안으로 들어갔다. 나도 그 아이를 쫓아 별관으로 들어갔다. 2층 계단을 오르는 테오가 보였다. 분리 교실은 2층에 있었다.

그런데 테오의 발길은 2층에서 멈추지 않았다. 3층, 4층을 지나 5층에 도착한 테오가 창고 앞에 섰다. 안 쓰는 책걸상이나 서랍장, 체육 교구 등을 보관하는 곳이었다. 작년에 이곳에서 책상을 빼 온 적이 있는데, 본관에 창고를 크게 리모델링한 후 여기는 사용하지 않는 걸로 안다.

나는 모퉁이 뒤에 숨어 테오를 지켜봤다. 테오가 창고 문으로 손을 뻗었다. 열리는 걸까? 잠겨 있을 텐데? 그러나 내 예상과 달리 문은 너무 쉽게 열렸다. 테오는 주변을 살피더니 숨듯이 안으로 들어갔다. 문틈 사이로 초록빛이 언뜻 보인 것도 같았다.

나는 그 앞을 떠나지 못했다. 저 안에서 뭘 하는 걸까? 궁금했지만 그렇다고 문을 열고 들어가지는 못했다. 안에서 테오가 보호 장비를 다 벗고 있을지도 모르는 일이다. 학교가 얼마나 답답할까? 이렇게라도 숨구멍을 찾은 걸지도. 차라리 다행이다 싶었다.

잠시 후, 테오가 문을 열고 나와 내 쪽으로 걸어왔다. 깜짝 놀란 나는 계단을 겅중겅중 뛰어 내려와 화장실에 숨었다. 테오의 발걸음 소리가 가까워지다가 멀어졌다. 밖을 조심스럽게 살펴보고 아무도 없는 걸 확인한 후 화장실에서 나와 교실로 향하려는데, 아까 그 초록빛이 신경 쓰였다. 안에 뭐가 있는지 살짝만 볼까? 호기심을 이기지 못한 나는 조심스레 발길을 돌려 5층으로 올라갔다.

창고 앞에 서서 잠시 망설였다. 조금 무모하다면 무모한 행동이었다. 열어선 안 되는 판도라의 상자일지도 모르지만, 나는 문을 열었다.

암막 커튼이 쳐져 어두운 창고 안에서 시원한 바람이 새어 나왔다. 마른침을 삼키고 한 걸음 안으로 들어갔다. 불을 켜고 싶었지만 스위치를 찾지 못했다. 그렇다고 벽을 더듬어 찾기도 꺼려져서 주머니 속에서 휴대 전화를 꺼냈다. 플래시를 켜자 작은 불빛이 어두운 공간을 채웠다. 나는 휴대 전화를 움직여 안을 비추었다. 책걸상과 서랍장 등이 눈에 들어왔다. 더불어 아까 얼핏 봤던 그 초록빛의 정체도.

식물이 창고 안을 빼곡히 채우고 있었다.

더욱 놀라운 건 창고에 흙은 전혀 보이지 않는다는 사실이었다. 식물들은 흙이 아닌 책상 표면이나 체육 기구에 뿌리를 내리고 있었다. 처음 보는 광경이 신기해서 식물을 만져 보고 싶었지만 참았다. 모르는 식물을 함부로 만지는 건 위험한 일이다. 아니, 그보다는 식물들이 싫어할 수도 있다. 할머니가 그랬다. 어떤 식물은 사람의 손길을 극도로 싫어한다고. 그래서 사람 손을 타기 시작하면 금세 죽어 버린다고. 그런 종류의 섬세한 식물을 함부로 길들이려 하다간 사람과 식물 모두가 불행해진다고. 그 얘기를 듣고 나는 조금 의아했었다. 내가 알기로 할머니는 '그런 종류'의 식물을 꽤 키우고 있었으니까. 그때 할머니의 대답이 아직도 기억에 남아 있다.

"나는 나대로, 식물은 식물대로 거리를 두는 거지. 어느 한쪽으로 치우치지 말고, 각자의 영역을 존중하며 공생하는 거야."

식물과 사람처럼, 테오와 나도 서로를 존중하면서 함께 지낼 수 있을까?

내 휴대 전화에서 나온 빛이 식물들을 자극할까 봐 얼른 플래시를 껐다. 어둠에 적응이 되자 불빛 없이도 잘 보였다. 나는 안을 조금 더 자세히 살펴봤다. 꼭 기묘한 정원 같았다. 너무 신기해서 사진을 찍지 않을 수가 없었다. 플래시를 터트리지 않고 찍으니 전부 어둑어둑했지만 뭐. 그러다 아주 특이한 식물 하나를 발견했다. 다이아몬드 형태의 붉은 잎을 가진 식물이었다. 색이 어찌나 선명한지 마치 피를 머금은 것 같았다. 셔터 소리가 찰칵찰칵

나는 줄도 모르고 그 식물을 찍고 있을 때였다.

이쪽으로 다가오는 누군가의 발소리가 들렸다. 심장이 철렁 내려앉았다. 황급히 창고 문을 닫고 밖으로 나와 계단을 내려갔다. 발소리의 주인은 시설 관리 선생님이었다. 선생님이 나를 보고는 여기서 뭐 하냐고 물었다.

"잠시 전화 좀 했어요."

"전화를 왜 여기서 해?"

"죄송합니다."

나는 얼른 고개를 숙였고, 선생님은 어서 교실로 돌아가라고 했다. 빠르게 계단을 내려가면서 혹시나 선생님에게 창고에 들어갔던 걸 들키면 어쩌나 걱정이 됐다. 차츰 발걸음을 멈추고 위층 상황에 귀를 기울였다. 선생님이 5층으로 향하고 있었다. 발걸음을 돌려 선생님 뒤를 살금살금 따라갔다.

다행히 선생님은 둘러만 보고 창고를 열지는 않았다. 나는 안도의 한숨을 내쉬며 교실로 발길을 돌렸다. 창고 안의 비밀을 들켜선 절대 안 될 것이다. 특히나 그게 테오가 만들어 낸 풍경이라면 더욱. 나 때문에 그 아이의 숨구멍이 들통나는 건 싫었다. 머리는 당장 학교에 신고해야 한다고 말했지만, 가슴은 그냥 두라고 했다. 창고 안에 있는 게 엄청 위험해 보이지도 않았고. 그리고 식물이지 않

나. 할머니는 식물을 키우는 사람은 좋은 사람이라고 했다. 편견일지 모르지만, 그렇게 믿고 싶었다.

교실로 들어가자 테오는 자리에 앉아 있었다. 아이들은 테오를 없는 사람으로 여기는 듯했다. 나 역시 선뜻 말이 나오지 않았다. 아까 이름을 불렀던 용기는 어디로 쏙 들어가 버린 걸까? 혹시 테오의 비밀을 몰래 훔쳐본 것 때문에 그런 걸까? 나는 테오의 얼굴을 바라보지도 못한 채 옆자리에 앉았다. 한참 눈치를 보다가 슬쩍 말을 붙여 봤다.

"오랜만이야. 잘 지냈어?"

역시나 테오는 대꾸가 없었다. 차라리 잘됐다 싶었다.

곧 수업이 시작됐다. 테오는 어느새 책을 편 채 수업에 집중하고 있었다.

집에 돌아와 통신망에 접속해 식물이 흙이 아닌 곳에 뿌리를 내릴 수 있는지 찾아봤다. 하지만 아무리 검색해도 관련 정보는 없었다. 창고에서 찍은 사진으로 식물 종류가 무엇인지도 검색해 봤다. 민들레, 우산이끼, 제비꽃, 애기똥풀 등 교과서에서 봤던 식물들을 비롯해 루센피나, 로하비, 카르덴 등 처음 들어 보는 이름도 많았다. 그러나 딱 하나, 결과가 검색되지 않는 식물이 있었다. 바로 붉은색 다이아몬드 잎을 가진 식물이었다. 다른 각도로 찍은 사진을 이용해 봤으나 결과가 없긴 마찬가지였다. 어둡게 찍혀서 그런가? 사진을 밝게 하고 확대해 봐도 소용없었다.

강렬한 첫인상 때문인지 이름 모를 식물이라고 그냥 넘어가기엔 아쉬움이 남았다. 식물 키우기에 재능이 없어 병든 몬스테라 하나 보살피지 못하는 나지만, 한때 유명한 식물학자였던 할머니의 손녀다. 또 꽤 많은 식물들을 돌보고 있는 가드너로서 나는 그 식물의 정체를 꼭 알고 싶었다. 일단은 '레드 다이아'라고 부르기로 했다.

그 후, 나는 위험한 호기심인 줄 알면서도 시간이 날 때마다 테오의 정원을 몰래 찾았다. 물뿌리개가 옮겨져 있다든가 책상이나 못 쓰는 체육 기구들의 위치가 바뀌어 있는 걸로 봐 테오도 비밀 정원에 발길을 끊은 것 같지 않았다.

그렇게 열흘쯤 흘렀을까. 놀랍게도 식물들은 하루가 다르게 성장했다. 전날까지만 해도 엄지만 했던 잎이 다음 날 보면 손바닥 절반만 해졌다. 키도 쑥쑥 커서 손가락 한 마디였던 게 한 뼘으로, 이제는 팔뚝 길이만큼 자랐다. 햇빛도 잘 들지 않는 어두운 창고에서 어떻게 이렇게 빨리 자랄까? 예상보다 빠른 성장이 놀라웠다.

레드 다이아는 벌써 꽃봉오리를 터트리고 있었다. 작고 아담한 분홍색 꽃잎이 솜사탕처럼 몽글몽글 피어난 꽃이었다. 가운데에는 암술과 수술이 있었고, 꽃가루는 반짝거리는 은색이었다. 순간, 그 꽃에 눈길을 빼앗겼다. 너무 예뻐서 사진을 몇 장이나 찍었는지 모르겠다. 이름이 알고 싶어 또 한 번 검색했지만, 이번에도 실패였다. 테오는 혹시 알고 있으려나? 그렇다고 테오에게 물을 수는 없었다. 자신의 비밀 정원에 허락도 없이 드나든 걸 이실직고하는 거나 마찬가지니까.

그런데 우연한 계기로 레드 다이아의 이름을 알게 됐다. 몬스테라의 상태가 점점 나빠져서 다른 방법을 생각하던 중, 할머니의 식물 돌봄 비법서가 생각났다. 검색으로는 찾을 수 없는, 할머니만의 노하우가 기록된 홀로그램 칩이었다. 혹시 거기서 힌트를 얻을 수 있을지 몰라 할머니의 유품 상자를 뒤졌다.

"있다!"

칩을 휴대 전화에 꽂고 실행시켰다. 이윽고 할머니의 반듯한 글씨가 눈앞에 나타났다. 할머니가 정성 들여 손글씨로 메모한 것들이었다. 나는 홀로그램 책장을 슥슥 넘기며 방법을 찾아 헤맸다. 그런데 필요한 글은 보이지 않고 엉뚱한 사진이 눈에 띄었다. 아니, 뜻밖의 행운이라고 해야 할까? 다름 아닌 다이아몬드 잎과 분홍색 꽃잎을 가진 레드 다이아였다. 나는 눈이 휘둥그레져 홀로그램을 위아래로 돌려 봤다. 이리 보고 저리 봐도 그 꽃이 맞았다. 사진 옆에는 할머니가 남긴 짧은 글이 있었다.

'신록의 루미나'라고 했던가. 이토록 은은한 빛이라니! 한 번이라도 좋으니 직접 볼 수 있다면 얼마나 좋을까.

'레드 다이아의 진짜 이름은 신록의 루미나구나.'

나는 반가운 마음에 휴대 전화 메모장에 이름을 적었다. 루미나, 루미나…. 이름을 몇 번 되뇌며 외웠다. 어쩐지 이름과 생김새가 잘 어울리는 느낌이었다.

다음 날, 일찍 등교해 테오의 정원으로 향했다. 이상하리만치 발걸음이 가볍고 콧노래가 나왔다. 루미나를 볼 생각에 마음이 들떴다. 통신망에 검색해도 나오지 않는, 할머니조차 직접 보지 못했던 꽃 루미나. 그 루미나가 우리 학교에 피다니! 나는 한달음에 5층까지 올라가 창고 문을 잡아당겼다.

그런데 어떻게 된 일일까. 창고 문이 꽉 닫혀 열리지 않았다. 두 번 세 번 다시 당겨 봤으나 문은 여전히 꼼짝달싹하지 않았다. 낑낑거리며 한참을 그 앞에 있었지만 포기해야 할 듯싶었다. 시간도 시간이지만, 누가 또 언제 나타날지 모르니까. 테오가 나타나든 선생님이 나타나든 두 경우 모두 난감할 것이다. 나는 아쉬운 마음을 뒤로한 채 별관을 나섰다.

교실에 들어서니 테오가 보였다. 혹시 테오가 문을 잠근 건 아닐까? 만약 그런 거라면, 일부러 그러지는 않았을 테지만 조금 서운했다. 루미나를 조금 더 보고 싶었는데…. 왜 여태 안 잠그다가 이제 와서 잠근 거지? 나도 모르게 테오에게 섭섭한 눈길을 보냈다. 테오는 자기 노트를 바라보고 있었다. 뭘 보는 거지? 노트를 슬쩍 봤다. 학교 건물 그림이었다. 그런데 실제와는 조금 차이가 있었다. 신록의 루미나가 학교 벽과 천장을 가득 뒤덮고 있었다. 그런데 잎 색깔이 내가 아는 것과는 달리 푸릇한 녹색이었다. 그림은 시원한 느낌이었다. 밝은 햇살 아래 반짝이는 루미나가 삭막한 학교 건물을 청량하게 만들어 주는 듯했다.

"그 루미나 그림, 네가 그린 거야?"

그림이 마음에 들어서 그렇게 물었다. 그 나름 칭찬이었다. 테오가 그렇게 받아들일지는 모르겠지만.

테오는 시큰둥한 눈으로 나를 바라봤다.

"네가 루미나를 어떻게 알아?"

"왜? 내가 알면 안 돼? 유명하잖아. 신록의 루미나."

할머니가 극찬할 정도니 유명하지 않을까? 아닌가? 검색해도 나오지 않았으니 희귀종인가? 그런 고민을 하고 있을 때였다.

"너였구나?"

테오가 알 수 없는 말을 했다. 하지만 그 말을 듣는 순간, 나는 테오가 무슨 말을 하는지 알아듣고 말았다.

"내가 뭘?"

아닌 척하려 했지만 들켜 버렸다. 당황한 나머지 귓불까지 새빨개지는 게 느껴졌다. 테오는 내가 자신의 정원에 침범한 걸 눈치챈 것 같았다.

'망했네….'

테오가 또 장갑이라도 벗으면 어쩌지? 불쑥 교실을 나가 버리면? 벌컥 화라도 내면? 그럼 난 어떡해야 할까? 아니라고 끝까지 시치미를 뗄까? 미안하다고 사과할까? 그것도 아니면 묵묵부답? 별별 생각이 다 들었다.

그런데 그게 다였다.

테오는 눈썹을 찌푸린 채 고개를 한 번 저은 것 말고는 별 반응 없이 얼굴을 돌렸다. 아이들이 우리의 대화를 듣고 무슨 일이냐며 곁으로 다가와도 자기 일이 아닌 것처럼 굴었다.

수연이가 내 팔을 끌어당기며 물었다.

"너였다니? 뭔데 그래? 네가 뭘 했는데?"

나는 고개를 저었다.

"아니야, 아무것도."

마침 수업 예비 종이 치는 바람에 아이들은 자기 자리
로 돌아갔다. 나도 테오 눈치를 보며 수업 준비를 했다. 아
무 일 없이 넘어간 게 다행일 따름이었다.

4

그 뒤로 나는 별관 창고에 갈 엄두를 내지 못했다. 테오도 루미나에 대해 더는 얘기하지 않았다. 내가 정원에 드나든다는 걸 알게 된 이상, 가고 싶은 마음은 없었다. 학교에 정원의 존재를 알리지도 않았다. 그저 정원이 잘 유지되길 바랐다. 그 일이 벌어지기 전까진.

"테오가 건강이 안 좋아서 당분간 등교하지 못할 거야."

선생님의 말에 테오가 분리됐을 때만큼이나 아이들 표정이 환해졌다. 선생님도 잠시나마 생활 지도가 수월해질 테니 내심 반가우려나? 우습게도, 나는 주변의 그런 반응들이 달갑지 않았다. 수연이가 이참에 테오가 아예 안 나왔으면 좋겠다는 선 넘는 농담을 할 땐 나도 모르게 입술을 꾹 깨물었다. 테오를 좀 더 알아보려고도 하지 않고 무턱대고 싫어하는 건 정당하지 않다고 생각했다.

왜 테오와 우리는 서로에게 불편한 존재여야만 할까? 조금 더 편하고 가까운 사이가 될 수는 없을까? 그렇다고 내가 나서서 아이들에게 테오와 잘 지내자고 말할 용기도 없었다. 모두가 싫다고 하는데 나만 테오를 위하는 듯한 태도를 보이면 착한 척한다는 말을 들을지도 모른다. 실제로도 착한 척이 맞고.

그래도 내가 할 수 있는 일을 하고 싶었다. 내가 진심을 다해 다가가면 테오가 마음을 열지도 모르고. 비록 작은 일일지라도 무언가 하고 싶었다.

수업을 듣는데 테오의 빈자리가 눈에 들어왔다. 장갑 때문에 연필을 쥘 수 없으니 녹음을 한 뒤 두 번 세 번 들으며 암기하던 모습이 떠올랐다.

나는 잠시 고민하다 테오에게 줄 학습 자료를 만들기로 했다. 정원에 함부로 발을 들인 일에 대해 사과다운 사과를 못 했으니, 이렇게라도 마음을 전하고 싶었다. 나는 평소보다 훨씬 더 수업에 집중했다.

테오가 없는 동안 식물들이 잘 있는지 창고에 가 보고 싶었지만, 그것도 참았다. 만약 테오가 또 한 번 눈치챈다면, 그때는 돌이킬 수 없을 것이다. 허락도 안 했는데 함부로 발을 들이는 일은 이제 충분하다.

며칠 뒤 테오가 등교했을 때, 나는 수업 내용을 정리

한 홀로그램 칩과 초콜릿을 내밀었다. 테오의 붉은 눈빛이 이게 뭐냐고 물어 왔다.

"수업 내용 정리한 거야."

테오는 내가 내민 선물을 뚱하게 바라보더니 장갑 낀 손을 내밀었다. 그런 뒤 초콜릿을 슬쩍 들고는 물었다.

"이건?"

"초콜릿! 완전 맛있는 거야."

테오는 고개를 갸웃하면서도 초콜릿을 가져갔다.

'다행이다!'

혹시나 거부하면 어쩌나 긴장했던 마음이 스르르 풀렸다. 그때였다.

"고마워. 그리고 미안해."

방금 내가 무슨 말을 들은 걸까? 귀를 의심한 나머지 입만 벙긋거리며 대답을 하지 못했다. 테오는 할 말이 남았는지 주저하다가 어렵게 말을 이었다.

"그때, 날 불쌍하게 생각하지 않는다는 말, 진심이야?"

나도 모르게 눈을 동그랗게 뜬 채 테오를 빤히 봤다. 이번에는 테오도 내 눈을 피하지 않았다. 테오의 눈빛은 공격적이었던 전과 달리 간절해 보였다. 정말로 내 마음을 알고 싶다는 듯. 나는 그런 테오에게 고개를 끄덕였다.

"응. 진심이야."

내 대답이 그 아이 마음의 문을 여는 열쇠가 됐을까? 글쎄. 그렇다고 해서 대단한 반전이 있었던 건 아니다. 테오의 태도가 하루아침에 바뀌지는 않았으니까. 그래도 내 물음에 짧게나마 대답해 주는 진전은 있었다.

"점심 먹으러 같이 갈래?"

"혼자 갈게."

"체육관 가야지?"

"난 체육 수업 열외야."

"아까 선생님이 뭐라고 얘기한 거야?"

"수업 시간에 집중 좀 하지 그래?"

거절의 연속이었지만 그게 어디인가. 전에는 무시로 일관했는데 이만하면 엄청난 발전이다. 게다가 내가 누군가. 포기를 모르는 주해율이다. 틈새가 보이자 나는 끊임없이 말을 붙였다. 테오는 끝까지 부정적이었다. 왜 이렇게 싫다는 소리만 하나 싶을 만큼.

그러던 중 테오가 내게 먼저 말을 거는 일이 벌어졌다.

* * *

4교시 체육을 마치고 올라왔다. 달리기 기록 측정을 한 뒤라 땀을 뻘뻘 흘리며 물을 마시고 있는데 테오가 빠른 발걸음으로 다가왔다. 주변에 있던 아이들이 화들짝 놀라며 물러났다. 다들 체육 수업을 마친 뒤라 마스크를 안 썼기 때문이다. 나는 태연하게 인사했다.

"안녕?"

그런데 테오가 인사는 안 받고 딴소리를 했다.

"혹시 좀 도와줄 수 있어?"

"도와 달라니? 뭘?"

테오는 말하기 곤란해 보였다. 그러면서도 꽤 초조해 했다. 그새 마스크를 쓰고 온 아이들이 엮이지 말라는 듯 내 팔을 잡아당겼다. 이쯤 되면 물러나기 마련일 텐데 그날의 테오는 그러지 않았다.

"무너졌어."

"무너졌다고?"

순간, 무언가 불길한 느낌이 들었다. 아이들은 눈살을 찌푸리며 다른 데로 가자고 했지만, 나는 아이들의 손을 조심스레 떼어 놓았다.

"잠깐만. 나 테오랑 얘기 좀 하고 올게."

나는 테오를 데리고 한적한 곳으로 장소를 옮겼다.

"무슨 일이야?"

테오는 금방이라도 울 것 같은 눈을 했다.

"창고에 있던 골대가 무너졌어. 그래서…"

테오는 말을 잇지 못했다. 더 캐묻기보단 직접 눈으로 확인하는 게 빨라 보였다.

"알았어, 가자."

점심시간이라 아이들이 급식실로 향하고 있었다. 나를 발견한 몇몇 친구들이 밥 먹으러 안 가고 어딜 가냐며 붙잡았다. 동시에 테오에게는 눈치를 줬다. 다들 좀 적당히 하지. 나는 테오의 표정을 살피며 아이들에게 먼저 가 있으라고 했다.

별관 정문에 들어서자마자 뛰다시피 해 5층으로 올라갔다. 테오가 창고 문을 열자 끼익 소리와 함께 어두운 공간이 입을 벌렸다.

"와…."

나도 모르게 탄성이 나왔다. 발길을 끊은 지 보름이 조금 넘었으려나? 못 본 사이에 테오의 정원은 몰라보게 달라져 있었다. 책걸상과 서랍 사이로, 체육 기구 사이로, 줄기와 이파리들이 구불구불 돋아나며 그것들을 옭아맸다. 이제는 내 어깨 높이까지 자란 식물들을 보면서 나는 감탄했다. 며칠 동안 이렇게나 자라다니. 그러나 감상만 하고 있을 때가 아니었다.

"이쪽이야."

테오가 안으로 발길을 옮겼다. 따라 들어가려는데 급

히 오느라 마스크와 장갑을 두고 왔다는 걸 깨달았다. 그러나 다시 돌아갔다 오기에는 테오가 급해 보였다.

일단 들어가 보자 싶었다. 잠깐 살펴보고 얼른 나오면 되니까. 그렇게 테오를 따라 걸음을 옮겼다. 그곳에 테오가 이리도 안달 난 이유가 있었다. 커다란 농구 골대가 쓰러져 있었는데, 그 밑에 루미나가 깔려 버린 것이다. 테오만큼이나 나도 심장이 철렁했다.

"어쩌다가 이렇게 된 거야?"

테오가 모르겠다는 듯 고개를 저었다.

"오늘 와 보니 이렇게 돼 있었어."

"언제부터?"

"아침부터."

"아침부터? 왜 이제 말하는 거야?"

"나 혼자 해 보려 했는데, 잘 안 됐어."

"이걸 혼자서 어떻게 들어!"

뛰는 심장을 진정시키며 이리저리 살펴봤다. 농구 골대 기둥에 뿌리를 박은 식물들이 뿌리를 더 깊고 넓게 뻗는 과정에서 다른 뿌리들과 얽히고설킨 것 같았다. 그 바람에 비스듬히 세워진 농구 골대가 균형을 잃고 쓰러진 모양이었다.

우리 힘으로 옮기기에는 골대가 무거워 보였다.

"다른 아이들 데려올까?"

내 물음에 테오의 눈가가 일그러졌다. 고민하는 것이다. 이 장소를 들키는 건 싫고, 그렇다고 우리끼리 해결할 수는 없으니. 괴로워하는 테오를 보니 아무래도 내가 힘을 더 써야 할 것 같았다.

"비켜 봐."

나는 팔을 걷어붙이고 골대 기둥을 붙잡았다. 힘껏 들어 올리려 했지만 꿈쩍도 하지 않았다. 테오와 힘을 합쳐도 소용없었다. 그때 한쪽에 뒹굴고 있는 강철 장대가 보였다. 좋은 생각이 떠올랐다.

"지렛대의 원리를 이용해 보자."

의자를 가져와 중심 받침으로 쓰고 장대 끝을 골대 밑으로 밀어 넣었다. 그러곤 테오와 힘을 합쳐 장대 반대쪽 끝을 힘껏 눌렀다. 구령에 맞추어 몇 번 더 시도하니 골대가 조금씩 움직였고, 마침내 육중한 소리를 내며 옆으로 굴렀다.

"됐다!"

나는 기뻐서 소리를 질렀다. 테오도 낯빛이 환해졌다. 테오에게 손바닥을 내밀었다. 하이파이브를 하자는 뜻이었다. 그러나 테오는 망설였다.

"우리 같이 해냈잖아! 하이파이브 정도는 해야지!"

"그래도 돼?"

아차 싶었다. 지금 맨손이지. 하지만 그렇다고 그냥 물리기도 그랬다. 한 번은 괜찮겠지?

"손바닥 내밀어 봐."

테오가 머뭇거리며 손바닥을 펼쳤다. 나는 그 아이의 장갑 낀 손바닥에 내 손바닥을 가볍게 댔다. 두꺼운 장갑 너머로 테오의 손바닥이 느껴졌다.

"하이파이브."

내가 말했다.

"응. 하이파이브."

테오의 눈가가 발그레했다. 그 모습에 나도 빙그레 미소가 지어졌다.

"잠깐만! 이럴 때가 아니지! 루미나는 괜찮아?"

테오는 금세 심각해져 루미나 앞에 무릎을 꿇었다. 줄기가 1미터쯤 자라 있던 루미나는 바닥에 납작하게 짓눌려 있었다. 꽃잎도 골대에 깔려 갈기갈기 찢어졌다. 나는 발을 동동 굴렀다.

"어떡해!"

당황한 건 테오도 마찬가지였지만, 그래도 나보다는 침착했다.

"잠깐 창고 밖으로 나가 있을래?"

"왜? 나도 돕고 싶어."

"안 돼. 나, 장갑을 벗어야 돼."

그런데 그새 내가 대범해진 걸까? 여태 같이 있었지만 아직까진 몸에 이상이 없다는 사실이 힘을 실어 줬다. 함께 루미나를 구했다는 사실에 흥분해서 알아차리지 못하는 걸지도 모르지만, 나는 대수롭지 않게 말했다.

"벗어. 나도 루미나가 괜찮아지는 걸 봐야겠어."

그런데도 테오는 완강했다.

"네가 다칠 수도 있어."

"괜찮으니까 빨리 루미나부터 봐 줘."

내가 고집을 부리자 테오는 잠시 고민했지만, 마지 못해 고개를 끄덕였다.

"…그럼 뒤로 물러나."

나는 얼른 한 걸음 물러났고, 테오는 조심스럽게 장갑을 벗었다. 빠른 손놀림으로 루미나의 줄기를 세우고 찢어진 꽃잎들을 떼어 냈다. 그러고는 루미나의 줄기를 쓰다듬기 시작했다.

"너, 손에서 피 나!"

사람의 피라기엔 너무 검붉었다. 루미나의 줄기를 쓰다듬으면 쓰다듬을수록 피는 더욱 진해졌다. 루미나의 줄기 표면에 난 가시 때문이었다. 그만하라고 말렸지만 테오는 가까이 오지 말라고 경고하며 루미나를 계속 쓰다 듬었다.

테오의 손에서 나온 피가 루미나의 줄기를 타고 흘렀다. 피는 바닥에 뚝뚝 떨어지더니 지글지글 타오르며 신 냄새를 강하게 풍겼다. 그 냄새가 너무 역해서 나는 급히 코를 막았다. 대부분의 피는 루미나의 잔가시에, 뿌리에, 이파리에 맺혔다. 이제 충분하다고 생각했는지 테오는 루미나를 다시 내려놓았다. 그러고는 피를 닦지도 않은 채 장갑부터 급하게 끼더니 밖으로 발길을 돌렸다.

"어서 나가자."

테오는 창고 문을 닫고 서둘러 말했다.

"얼른 보건실 가 보자. 아니, 병원이 좋겠다."

염려와 두려움이 뒤섞인 목소리였다.

"무슨 소리야? 병원은 네가 가야지."

나는 테오의 팔을 덥석 잡았다가 뒤늦게 깜짝 놀랐다. 내가 이렇게까지 할 수 있을 거라곤 생각하지 못했다. 실은, 조금 자신이 생겼다. 테오의 피에서 나는 냄새를 맡았음에도 아무런 이상이 없었다. 내친 김에 테오를 끌고 보건실로 가겠다고 마음먹었을 때였다.

"너 아니었으면 큰일 날 뻔했어."

테오의 진심 어린 인사에 내 입꼬리가 눈치 없이 올라

갔다. 함께 해냈다는 기쁨도 컸다. 테오가 자기 비밀을 보여 줘도 괜찮은 사람으로 나를 인정한 듯해서 뿌듯했다.

"별말씀을. 그런데 루미나는 괜찮은 거야?"

테오는 걱정 없다는 눈빛으로, 하지만 조금 긴장한 목소리로 물었다.

"혹시 다음에 루미나가 튼튼해지면 보러 올래?"

첫 번째 정식 초대였다.

"진짜? 그래도 돼?"

"응."

테오는 그 말만 남기고 서둘러 자리를 떠났다. 나는 비밀 정원의 출입 티켓을 얻은 것 같아 두근두근했다. 계단을 빠르게 내려가는 테오의 뒷모습을 향해 목소리를 높였다.

"꼭 보러 올게! 나 진짜 보고 싶어!"

테오가 잠시 발걸음을 늦추어 나를 돌아봤다. 그 눈빛이 왠지 수줍어 보이는 건 나만의 착각이었을까? 설마 우리 조금 더 친해진 건가? 전혀 예상하지 못했던 일인데, 싫지가 않았다. 테오가 실은 다정한 면이 있다는 것도 알았다. 게다가 이제는 비밀까지 공유한 사이가 됐다. 이만하면 꽤 많은 것을 얻지 않았을까? 물론 그에 따른 대가는 채 하루도 지나지 않아 치러야 했지만 말이다.

5

다음 날, 아침에 일어나니 목이 꽉 잠겨 쉰 소리가 나왔다. 눈곱도 잔뜩 끼고 피부도 가려웠다. 엄마가 나를 보고는 갑자기 무슨 일이냐며 놀랐다. 그 길로 병원에 갔더니 염증이 심하다며 입원을 하라고 했다.

"네? 입원이요?"

엄마는 놀라서 눈을 크게 떴다. 의사가 내게 뭘 잘못 먹었는지, 혹은 무언가를 잘못 만지진 않았는지 물었다. 나는 모르겠다며 고개를 저었지만, 실은 내 몸이 이렇게 된 이유를 알았다.

"우리 아이 짝이 에시디안이에요."

엄마의 목소리는 확신에 차 있었다. 그게 원인이라고 생각하는 것이다. 안타깝게도, 엄마의 추측은 틀리지 않았다. 의사는 내게 에시디안의 피부와 접촉하지 않았냐고 물었다.

"아니요. 절대 그런 일 없었어요."

덧붙여 그 아이는 마스크나 장갑을 벗는 일이 없다고, 짝일 뿐이지 대화도 나누지 않는다고 말했다. 있는 그대로 말하면 창고의 비밀 정원을 들킬지도 몰랐다. 그래서 거짓말을 해 버렸다.

그나저나 어젯밤까지만 해도 아무렇지 않았는데, 갑자기 이렇게 안 좋아지다니. 병원에 가라던 테오 말을 들을 걸 그랬나?

"어쩌죠, 선생님? 많이 안 좋은 걸까요?"

엄마 얼굴에 걱정이 가득했다. 의사는 괜찮을 테니 너무 염려 말라고 엄마를 안심시켰다. 그렇지만 나는 어쨌든 입원 치료를 받아야 했고, 일주일간 등교를 할 수 없게 됐다.

병원에 있는 동안, 친구들의 연락이 끊이질 않았다. 아이들은 나뿐 아니라 우리 모두가 언제든지 당할 수 있는 일이라며 흥분했다. 내가 아니라고 하는데도 이 모든 일이 테오 때문이라고 단정 지었다. 테오가 존재하는 것만으로도 사고가 날 수 있다고 생각했다. 특히 수연이네 아빠가 학교에 강하게 항의했다고 들었다. 학교 선생님들은 억울할 거다. 내가 아픈 건 선생님들의 잘못이 아니니까.

다행히 입원해서 치료를 받자 차도가 있었다. 치료 효과가 좋았는지 내 몸은 금세 회복됐다. 염증도 가라앉고, 목소리도 원래대로 돌아왔다.

퇴원 후 첫 등굣길, 친구들을 다시 만날 수 있어서 기뻤다. 무엇보다 테오를 볼 생각에 가슴이 두근거렸다. 그동안 잘 지냈을까? 그러나 막상 교실에서 그 아이를 보자 입이 떨어지지 않았다. 왠지 모르게 어색해서 인사도 건네기 힘들었다. 둘만의 비밀을 나누었다면 돈독해지는 게 맞는 거 아닌가?

테오는 내게 눈길도 주지 않았다. 그날 창고에서의 다정한 모습은 사라지고 없었다. 그저 자기 자리에 앉아 수업에만 집중했다. 나 또한 그런 테오가 왠지 어색해서 쉬는 시간에는 자리를 벗어나 친구들 곁으로 갔다. 아이들은 이제야 정신을 차렸냐며, 지금이라도 선생님에게 요청해 자리를 바꾸라고 했다.

"그러다 또 아프면 어떡해."

나를 걱정하는 말처럼 포장돼 있었지만, 그 안에는 테오를 향한 미움이 감추어져 있었다. 아이들의 오해를 어떻게 풀 수 있을까? 사실대로 말하자니 비밀 정원이 걸렸고, 그냥 있자니 오해를 받는 테오가 안쓰러웠다.

"에이, 뭐 얼마나 아팠다고. 그리고 난 테오 괜찮던데?

성격도 좋고, 공부도 잘하고. 아, 맞다. 걔 그림 그린 거 봤어? 완전 화가야."

내 딴에는 테오 편을 든 건데, 아이들은 어이없다는 듯 혀를 찼다.

"아무튼 주해율, 누가 착한 거 모를까 봐 티를 아주 팍팍 내요. 야, 너부터 챙겨."

'나 안 착한데.'

착해서 테오 곁에 있으려는 게 아니었다. 순전히 내 욕심이었다. 나는 테오를 조금 더 알아 가고 싶었다. 그런데도 다들 내 속도 모르고 그러다 더 큰일 당할까 봐 걱정이라며 계속해서 잔소리를 했다.

그날 점심을 먹고 돌아왔을 때, 테오는 자리에 없었고 내 책상 위에 작은 홀로그램 칩 하나가 놓여 있었다. 전에 테오에게 준 것이었다. 이게 왜 다시 돌아왔지? 이젠 필요 없나? 테오에게 물어볼까 하다가 말 걸기가 어려워 포기하고 칩을 보관함에 넣어 둔 채 집으로 돌아왔다.

그날 과제를 하기 위해 보관함을 열었다가 테오가 돌려준 칩을 봤다. 안에 든 내용을 지우고 다시 써야겠다 싶어서 포맷을 하려고 홀로그램 디바이스에 꽂은 뒤 실행시켰다. 그러자 짧은 문장이 하나 떠올랐다.

도움이 되길 바라.

순간, 이게 테오의 편지라는 걸 직감했다. 그와 함께 저장된 것은 일주일간의 수업 내용을 정리한 자료였다. 그간의 어색한 마음은 사라지고 나도 모르게 입꼬리가 올라갔다. 내가 한 걸 그대로 따라 한 걸까? 당장이라도 테오에게 연락해서 고맙다고 말하면 너무 앞서 나가는 걸까? 테오는 그저 같은 행동으로 빚을 갚은 것뿐일지도 모른다. 그래도 기분이 좋은 건 사실이었다.

다음 날 등굣길에 교문 앞에 서 있는 테오를 봤다. 테오는 나를 보자마자 다가오더니 작은 목소리로 물었다.

"혹시 시간 돼?"

그 아이는 조금 상기된 얼굴이었다. 덩달아 나도 가슴이 뛰었다.

"응."

테오가 걸음을 돌렸다. 나는 그 뒤를 조금 떨어진 채 따랐다. 등교하는 아이들 틈을 벗어나 별관으로 이어진 길을 걸었다. 테오가 먼저 별관에 들어갔고, 내가 시간을 두고 뒤따랐다. 우리는 마치 약속이라도 한 것처럼 5층까지 이어진 계단을 말없이 걸었다.

테오가 창고 문을 열고 길을 비켜 줬다. 먼저 들어가

란 뜻일까? 나는 고맙다고 작게 말하며 감사를 표한 뒤 발을 들였다.

은은히 빛나는 신록의 루미나가 나를 반겨 줬다. 감격한 눈으로 루미나를 바라보는 사이, 어느새 다가온 테오가 루미나 가까이로 나를 이끌었다. 나는 한 발 한 발 다가가며 루미나를 보고 또 봤다. 루미나는 전보다 더 싱그러운 빛을 내며 활짝 피어 있었다.

"어떻게 한 거야?"

"네가 도와준 덕분에 살아났어."

"그래도…. 그땐 다 죽어 갔잖아."

분명 꽃잎도 다 떨어지고, 줄기도 회복되지 못할 만큼 짓이겨졌는데? 가만 보니 줄기에 그때 입은 상처의 흔적이 남아 있었다. 짧다면 짧은 시간에 이렇게 멀쩡히 회복할 줄은 몰랐다. 우리 집 몬스테라는 내가 병원에 입원해 있는 동안 결국 죽어 버렸다. 몇몇 식물들도 시들었다. 이대로 두면 결국 다 죽겠구나, 나는 식물 키우기엔 재능이 없나, 하며 쓴 입맛을 다셨는데 아무래도 테오에게 비법이라도 배워야겠다 싶었다.

"이렇게 살려 낸 비결이 뭐야?"

"내가 흘린 피라고 하면 믿어 줄 거야?"

"피?"

섬뜩한 대답에 나도 모르게 눈살을 찌푸렸다. 그러나 테오의 말은 분명 사실이었다. 테오의 피 말고는 달리 설명할 길이 없었다. 에시디안의 피에 내가 모르는 무언가가 있는 걸까?

테오가 말했다.

"그런데 내 피는 너를 아프게 했어. 난 그걸 바라지 않았는데."

루미나에겐 회복의 양분이 되는 그 피가 비에시디안에겐 치명적이라니. 다른 사람들 말처럼 큰일이 날지도 모르는 상황이었다. 다행히 나는 금방 나았다. 그렇다고 테오가 아무렇지도 않게 함께할 수 있는 존재가 되는 건 아니었다. 테오는 여전히 불편하고, 불안하게 하고, 함께하기 어려웠다.

"나는 온몸에 가시가 나 있어. 다가오면 찔리지. 그래서 널 다치게 했어. 그런데도 너는 가까이 다가와."

테오가 슬픈 목소리로 말했다.

"너는 내가 무섭지 않아?"

무섭냐고? 테오의 질문을 나에게 되물었다. 나는 테오가 무서운가? 테오의 산성 물질에 잠깐 노출된 것만으로도 입원해서 치료를 했다. 다른 아이들 말마따나 더 큰일을 당할지도 모르고. 테오는 뭘 하지 않아도, 그저 같이 있는 것만으로도 뭔가 꺼림칙한 아이다. 그러한 이유로 에시디안 대부분은 우리와 떨어진 곳에서 그들만의 공동체를 이룬 채 있는 듯 없는 듯 살아간다. 하지만 테오는 망설이며 뻗은 내 손을 끝내 뿌리치지 않았다. 그리고 곁을 내어 줬다.

"무서울 때도 있지. 하지만 매번 그런 건 아니야. 장미가 아름다운 건 가시가 있기 때문이라잖아. 너도 그래."

내 머리가 이상해지기라도 한 걸까? 모두들 멀어지려고만 하는 테오에게 자꾸만 다가가고 싶다. 또 다칠지도 모르는데.

"그날, 루미나 줄기를 쓰다듬은 건 이유가 있어서지? 피를 뚝뚝 흘리면서도 멈추지 않았잖아. 왜 그랬어?"

내 물음에 테오는 대답이 없었다. 상관없었다.

"네 몸에서 나온 산성 물질이 나를 다치게 했지만, 지금은 다 나았어. 겉으로 보이진 않지만, 나는 네가 아닌 다른 누군가와도 상처를 주고받아. 그렇다고 상처받기 싫어서 방에만 틀어박혀 있을 수는 없잖아. 나한텐 너도 다른 사람이랑 똑같아. 네가 내게 상처를 준 만큼 나도 너에게 상처를 줄지 몰라. 그래도 함께하고 싶어. 네가 궁금하거든."

"넌 호기심이 많구나?"

"내가 또 한 호기심 하지. 할머니 닮았대."

내 말을 끝으로 아주 짧은 침묵이 흘렀고, 우리는 동시에 웃음을 터뜨렸다. 웃음이 잦아들 때쯤 내가 먼저 입을 열었다.

"나는 왠지 네가 나를 많이 배려해 준다고 느꼈어. 겉으로는 차가운 말뿐이지만… 그 말 속에 어쩐지 내가 다치지 않았으면 하는 마음이 보였어."

진심으로 그렇게 생각했다. 테오가 정말로 누구를 다치게 한 건 나뿐이었다. 그것도 어쩔 수 없는 사고 때문이었고, 일부러 그런 것도 아니다. 게다가 그날조차 테오는 내 안전을 걱정했다. 자기는 손바닥에 피를 흘리면서도 내게 계속 병원에 가 보라고 했다.

"내 눈엔 네가 아이들을 지켜 주려는 게 보여. 급식을 따로 먹는 것도, 체육을 하지 않는 것도, 말을 섞지 않는 것도, 전부 그래서지? 네 가시가 그 아이들을 찌를까 봐."

테오는 아무런 말도 하지 않고 내 얘기만 들었다. 나는 계속해서 말을 이었다.

"그런데 한 가지 궁금한 게 있어."

"뭔데?"

나는 창고 안을 둘러봤다.

"이 식물들 말이야. 왜 심은 거야?"

순간, 테오의 눈동자가 눈에 띄게 흔들렸다.

식물을 심은 건 좋다. 다만, 이렇게까지 정원으로 가꾼 걸 보면 그만한 이유가 있을 것이다. 특히, 검색해도 정보를 찾을 수 없는 루미나는 테오에게 특별한 의미가 있는 것 같았다. 창고를 지키는 데 나도 도움을 줬으니, 이유 정도는 물어봐도 괜찮지 않을까? 그런데 테오는 당황할 뿐 입을 더욱 꾹 다물었다.

"말하기 싫으면 안 해도 돼."

나는 더 캐묻지 않기로 했다. 테오가 먼저 얘기해 줄 때까지 기다려 보는 거다.

"수업 시작하겠다. 얼른 가자."

테오가 발길을 돌렸다.

"나는 이따 가도 돼? 좀 더 보고 싶어."

내가 부탁하자 테오는 잠시 고민하더니 이내 고개를 끄덕였다.

테오가 떠난 뒤에도 나는 한동안 창고에 남아 루미나와 다른 식물들을 바라봤다. 못 본 사이 식물들은 키가 크고 줄기가 굵어졌다. 어느새 천장에 가까워진 식물들도 있었다. 흙 한 톨 없는 이곳, 바짝 마른 책상과 쇠기둥 사이에 뿌리를 박고 자란 식물들이 만들어 낸 신비한 풍경은 마치 우주의 어느 낯선 행성에 와 있는 듯한 착각마저 불러일으켰다.

그 행성의 이름은 어쩌면 테오일지도 모르겠다.

6

나는 테오에게 최근의 내 고민을 털어놓았다.

"잘 키워 보고 싶은데 내 손만 타면 죽는 것 같아."

테오는 내 얘기를 듣는 둥 마는 둥 하며 루미나와 다른 식물들 물 주기에 여념이 없었다. 루미나는 그 사이 무럭무럭 자라 벌써 내 키를 넘어섰다. 꽃잎은 더욱 풍성해졌다. 이름처럼 둥근 빛이 허공에 떠 있는 모양 같달까? 테오는 막대 사탕 같다고 했다.

물 주기를 마친 테오가 물뿌리개를 바닥에 내려놓고는 나에게 다가왔다.

"식물이라고 해서 다 같은 게 아니야. 어떤 식물은 물이 많이 필요한 반면, 어떤 식물은 물을 좀 적게 줘야 해. 그늘을 좋아하는 식물도 있고, 뜨거운 태양이 필요한 식물도 있어. 각자에게 맞는 환경이 있는데 어느 한 환경에

몰아넣으면 적응하기가 쉽지 않지. 그래서 실내에서 식물을 키울 땐 더욱 세심한 주의가 필요해."

나는 어깨를 으쓱했다.

"그렇지만 여기는? 여긴 실내고 똑같은 환경인데도 이렇게 다양한 식물들이 살고 있잖아."

"그건 그렇네."

테오가 작게 웃었다.

"넌 어쩜 이렇게 식물을 잘 키워?"

"나도 잘 못해. 다 루미나 덕분이지."

루미나를 바라보는 테오의 눈빛은 따뜻하다 못해 사랑이 느껴졌다. 다른 건 몰라도 루미나가 테오에게 소중한 존재라는 걸 알 수 있었다.

"루미나 말이야, 전학 첫날 네가 들고 있던 화분의 그 식물이지?"

테오가 고개를 끄덕였다. 역시나 그랬구나.

"루미나는 너에게 어떤 존재야?"

루미나에 대해 더 알고 싶었다. 그래서 온라인 도서관을 밤새 뒤지기도 하고, 각종 데이터베이스에 접속해 자료를 찾아봤는데 쉽지가 않았다. 꼭 누군가가 일부러 꽁꽁 감춰 놓은 것처럼.

루미나를 더 알아 가려면 테오의 도움이 필요했다. 그

러나 테오는 루미나의 비밀을 말하는 걸 꺼렸다. 그렇다고 포기할 내가 아니다. 나는 끊임없이 테오에게 루미나에 대해 물었다. 오늘 질문도 그 연장선상이었다.

테오는 나의 끈질김에 혀를 내둘렀다. 못 말린다는 듯 고개를 설레설레 저으며 자리를 뜨려는 걸 보고 나도 모르게 그 아이의 팔목을 잡았다. 테오가 어깨를 움찔했다.

"앗, 미안."

나는 얼른 팔목을 놓았다. 테오는 누군가가 자기 몸에 손대는 걸 경계했다. 물론 나는 그 이유가 자신을 위해서가 아닌 다른 사람을 위해서라는 걸 안다. 말로는 아니라고 하지만, 테오는 끊임없이 주변 사람들을 살피고 배려하고 조심한다.

테오가 하는 수 없다는 듯 한숨을 쉬며 자리에 도로 앉았다. 그러곤 조금은 수줍은 목소리로 말했다.

"루미나는, 희망이야."

"희망?"

"자세한 건 지금 말해 줄 수 없어. 언젠가 때가 되면 너도 알게 될 거야."

"흠… 대단한 비밀이 숨어 있는 듯한데."

테오가 염려스러운 눈으로 나를 봤다.

"지켜 줄 거지?"

"뭘 알아야 지켜 주지."

나는 짐짓 신경질이 난 듯 말하다가 피식 웃었다.

"농담이야. 당연히 지켜 줘야지."

이 아지트도, 너와의 시간도. 실은 내게도 들키고 싶지 않은 비밀이니까.

테오는 내게 루미나의 비밀을 말해 주지 않은 게 못내 걸렸는지, 대신 루미나를 그려 주겠다고 했다. 나는 테오가 그림을 얼마나 잘 그리는지 알기에 그림 그리는 걸 실시간으로 보고 싶다고 했다. 그러자 테오는 뜸을 들이며 망설였다.

"장갑을 벗어야 하는데…. 특수 장갑을 끼고는 연필 쥐기가 힘들어."

"아, 그렇지."

전에 내가 건넨 연필을 멀뚱히 보고만 있던 테오가 생각났다. 그때 내 나름대로는 배려해 준 거였는데 테오가 내 배려를 받지 않아 조금 속상했었다. 그런데 이제 보니 당시 내 행동은 그저 내 입장에서의 배려였다.

그때는 이해하지 못했던 테오의 '차라리 불친절한 게 나아'는 말의 의미를 이제는 안다. 장갑을 벗지 못하는 테오에게 연필을 줘 봤자 쓰지도 못할 텐데, 나는 그걸 친절이라고 해 놓고는 받아 주지 않는다고 섭섭해했다. 나는 내 친절을 받아들이라고 테오에게 강요한 거였다. 테오에겐 그것이 친절이 아닌 가슴 아픈 상처가 될 줄도 모르고.

생각해 보면 학교 시설 대부분이 테오에겐 불편할 것이다. 우리에게 맞춰진 그것들은 테오의 편의는 고려하지 않았다. 어디 하나 테오가 편히 쉴 공간이 없다는 걸 왜 이제야 알게 된 걸까?

"조금만 기다려 봐. 내가 어떻게든 방법을 찾아볼게."

이후, 나는 통신망을 뒤져 에시디안 공동체 지역에 출입하는 의사들이 쓰는 산성 물질 보호구를 엄마 몰래 구입했다. 특수 마스크와 고글, 장갑, 보호복과 장화까지. 풀세트로 갖추고 창고에 나타난 나를 보고 테오가 눈살을 찌푸렸다.

"그렇게나 걱정된 거야?"

나는 고개를 저었다.

"그게 아니야. 오늘만큼은 네가 편했으면 해서."

이곳에서 테오와 함께 있을 땐 나 또한 불편을 감수해야 했다. 그러나 테오의 일상에 비하면 아무것도 아니었다. 테오는 비밀 정원에서뿐만 아니라 학교에 있는 내내 우리보다 더 큰 불편을 겪어야 했다.

"장갑만 벗지 말고 마스크도 벗고 후드도 벗어. 가능한 한 편하게!"

테오는 몹시 당황스러워했다.

"마스크를 벗으라고?"

"응. 그림 그리는 네 얼굴이 궁금해."

"그건 싫어…."

테오는 끝내 마스크 벗기를 거부했다. 전처럼 위험하지 않은데도 거부하는 걸 보니 테오가 마스크를 쓰는 게 꼭 산성 호흡 때문만은 아닐지도 모르겠다는 생각이 들었다. 테오는 자기 모습을 드러내는 게 아직 불안하고 어색한 모양이었다.

여하튼 나는 보호 장구를 최대한 착용하기로 했다. 테오도 그 편이 마음 편하다고 했다. 그 아이는 내 눈치를 보며 장갑을 벗었고, 연필을 쥐었다. 연필은 특수 물질로 만들어진 거라 산성 물질이 닿아도 부식되지 않는다고 했다. 종이 또한 연필과 같은 소재였다. 내가 학교에서 그걸 구입해서 쓰면 좋겠다고 하자 테오가 쓴웃음을 지었다.

"구하기가 쉽지 않아. 비싸고, 품절돼서 없을 때도 많거든."

"이 좋은 게 왜 없어?"

"찾는 사람이 많지 않으니까."

그 말이 마음을 무겁게 눌렀다. 특수 종이와 연필을 어디에서나 손쉽게 구할 수 있는 날이 올까? 그랬으면 좋겠는데. 그러면 테오의 그림을 더 많이 볼 수 있을 텐데.

테오는 슥슥 재빠르게 그림을 그려 나갔다. 터치에 망설임이 없었다. 어느새 루미나를 그린 테오가 종이를 내게 내밀었다. 나는 환한 웃음으로 그림을 받았다.

"고마워. 잘 간직할게."

내가 좋아하자 테오는 머쓱한 듯 헛기침을 했다.

"사실 루미나는 아직 다 자란 게 아니야."

내 키보다 훌쩍 큰 루미나가 아직 덜 자란 거라고? 테오의 말에 따르면 루미나의 진가는 꽃이 지고 나서야 알 수 있었다. 그때가 되면 루미나의 다이아몬드 모양 잎은 특별한 힘을 가지게 된다고 했다. 그게 뭐냐고 물었지만 테오는 씩 웃으며 비밀이라고만 말했다.

"아아, 또 비밀이야? 뭔데 그래? 좀 알려 주면 안 돼? 궁금한데?"

내가 애원해 봤지만, 테오는 좀처럼 넘어오지 않았다. 대신 꽃이 지면 그 진가를 보여 주겠다고 했다. 나는 아쉬운 마음에 언제쯤 꽃이 지냐고 툴툴대며 물었다. 테오는 고개를 돌려 루미나를 고요한 눈으로 바라보면서 말을 이었다.

"곧. 이제 얼마 안 남았어."

그러곤 반짝이는 눈빛으로 말을 돌렸다.

"네 식물들을 좀 볼 수 있을까? 내가 도움을 줄 수 있을 것 같은데."

* * *

도움이 필요한 식물은 한두 그루가 아니었다. 마음 같아서는 테오를 집으로 초대하고 싶었지만, 그랬다간 엄마가 가만히 있지 않을 것이다. 화분째 들고 학교에 오는 것도 쉽지 않은 일이었는데, 테오는 식물을 흙에서 뽑아 뿌리째 가져오라고 했다.

"그래도 돼?"

"잠깐은 괜찮아. 식물들도 그 정도는 견뎌."

그래서 오늘 아침 테오와 비밀 정원에서 만나기로 한후, 일찍 일어나 상태가 안 좋은 식물들을 하나둘 골랐다. 그중에는 몬스테라도 있었다. 일전에 죽은 몬스테라처럼 다른 몬스테라들도 비슷한 증상을 보이며 시들어 가고 있었다.

테오는 내가 가져온 식물들을 보더니 심각한 목소리로 물었다.

"도대체 뭘 어떻게 했기에 이 지경이 됐어?"

혼나는 듯한 분위기에 나는 아무 말도 못 하고 눈치만 봤다. 테오는 뭐라 할 시간도 아깝다는 듯 식물들을 바닥에 깔았다. 그러곤 나에게 잠깐 밖으로 나가 있으라고 했다. 잠시 후, 테오는 창백해진 얼굴로 창고 밖으로 나왔다. 안으로 들어가 보려 했지만, 테오는 들어가지 못하게 막았다.

"내일이면 다들 생기를 찾을 거야."

나는 테오가 식물들에게 어떤 처치를 했는지 알 것 같았다.

"너, 또 손에 피 냈지?"

대답을 못 하는 걸 보니 분명했다.

"네 피가 식물들을 살리는 묘약이라도 돼?"

나는 너무 속상한데, 테오의 눈은 웃고 있었다.

"나 걱정해 주는 거야? 왠지 뿌듯한데."

테오는 루미나가 식물들을 살려 낼 거라고 했다. 루미나가 테오의 피를 흡수한 뒤, 식물들에게 양분을 공급할 거라고. 처음엔 무슨 소리인지 몰랐다. 하지만 다음 날 비밀 정원을 다시 찾았을 때, 나는 테오가 한 말을 목격하게 됐다. 내 식물들이 다른 식물들처럼 체육 기구 기둥에 약하게나마 뿌리를 내리고 있었다. 어제까지만 해도 죽어 가던 몬스테라가 도대체 어떻게? 너무 궁금해서 참을 수가 없었다. 테오도 더는 숨기지 못하겠다고 생각했는지 마침내 비밀을 말해 줬다.

"루미나에겐 세 가지 특별한 능력이 있어."

첫 번째는 바로 흙이 아닌 곳에 뿌리를 내릴 수 있는 능력이었다. 아니, 정확히는 돌이나 인공 수목, 쇠붙이 따위를 흙으로 만드는 능력이라고 하는 게 맞을 것이다. 루미나의 뿌리가 닿은 물질들은 겉으로 보기엔 달라진 게 없지만 흙의 성질로 바뀐다고 한다. 믿기지 않는 말이었다.

"어떻게 그럴 수 있지?"

"어느 환경에서나 뿌리 내릴 수 있게 진화했으니까."

두 번째 능력은 다른 식물들도 어느 환경에나 적응할 수 있게 도와주는 것이었다. 아주 척박한 땅일지라도, 한 번도 경험해 보지 못한 환경일지라도 살아남을 수 있게. 내 몬스테라가 책상에 뿌리를 뻗고 생기를 되찾은 것도 루미나 덕분이었다.

"루미나로 인해 다른 식물들도 진화한 거야."

루미나의 세 번째 능력은 꽃이 지고 나서 발현된다고 했다. 그런데 정작 그 능력이 뭔지는 말해 주지 않았다. 정원을 만들고 루미나를 심은 이유가 바로 그것 때문인 듯했다. 궁금했지만, 지금은 여기에서 만족할 수밖에.

내가 아쉬워하자, 테오는 대신 루미나의 유래를 말해
줬다.

"루미나는 원래 평범한 수국이었어."

루미나는 뉴클라리움의 공장이 있던 청해군의 어느
작은 시골 마을에서 발견됐다.

산성 호흡을 하기 시작한 사람들이 나타난 초기에, 몇
몇 에시디안들이 뉴클라리움을 대상으로 진상 규명과 피
해 보상을 요구했다. 그들은 자신들이 산성 호흡을 하게
된 건 방사능 오염물에 의한 유전자 변형 때문이라고 주
장했다. 하지만 어찌 된 일인지 이런저런 이유로 진상 규
명은 지연됐다. 정부도 에시디안들의 목소리를 듣는 데
소극적이었다. 뉴클라리움은 세계 대부분 지역에 에너지
를 공급하는 중요한 기업이었기에 함부로 문을 닫게 할
수도 없었다. 그렇게 흐지부지 시간이 흐르다 보니 뉴클
라리움과 싸우던 주축들이 하나둘 사라졌다. 누군가는
병으로 일찍 죽었고, 누군가는 지쳐서 떠나 버렸다. 구심
점을 잃게 되자 다른 에시디안들도 힘이 빠졌다. 더 해 봤
자 얻을 건 없다는 패배 의식이 돌았다.

한참 후에 에시디안의 산성 호흡이 뉴클라리움의 오염
물과 관련이 있다는 결과가 나왔지만, 그때는 그들 모두

가 율령리를 떠난 후였다. 그들은 곳곳으로 흩어져 다른 곳에 발붙이고 살아 보려 했다.

하지만 그들은 다시금 율령리로 모여들었다. 다른 이들과 어울려 살기에는 에시디안과 비에시디안의 경계가 너무도 뚜렷하고 깊었기 때문이었다.

그러던 어느 날, 한 에시디안의 거처에서 수국과의 식물이 발견됐다. 살아 있는 것들이 모두 죽어 버린 그 땅에, 에시디안 말고는 살아갈 수 없는 그곳에 식물이라니?

그 식물을 연구하고 더욱 진화시킨 사람은 다름 아닌 에시디안 유전 과학자였다. 이름을 밝히지 않은 그는, 식물에게 '신록의 루미나'라는 이름을 붙여 줬다.

"루미나는 에시디안의 피를 마시고 자라. 그가 그랬어. 신록의 루미나는 우리의 희망이 될 거라고. 그러니 얼마든지 피를 나누어 줄 수 있다고."

"너에게 꼭 필요한 꽃이었구나."

테오가 나를 빤히 봤다.

"나뿐만 아니라 너에게도 루미나는 희망이 될 거야."

무슨 말인지 선뜻 이해되진 않았다. 그러나 루미나가 대단한 식물이라는 건 알 것 같았다. 게다가 몬스테라가 하루가 다르게 건강해지고 있으니 루미나가 내게도 희망인 건 맞는 말이다.

테오는 몬스테라를 집으로 데려가지 말고 그냥 여기 두는 게 어떻겠냐고 했다. 그러면서 홀로그램으로 사진 한 장을 보여 줬다. 화사한 노란 꽃이 가득한 군락지 사진이었다.

"이렇게 똑같은 꽃들이 한데 모여 있으면 당장의 생존에는 유리해. 식물들도 힘을 합친다는 거 알아? 이 꽃들은 똘똘 뭉쳐 외부의 적들에게서 자신들을 지키고, 더 빠르고 넓게 번식했지. 이처럼 모든 게 유리해 보이는 이 군락지에 낯선 식물이 등장해."

테오는 다른 사진 한 장을 보여 줬다. 노란 꽃의 군락지에 루미나를 심어 놓은 사진이었다.

"처음엔 루미나가 맥을 못 췄어. 노란 꽃들이 루미나를 죽이려 드는 것 같았지. 노란 꽃들의 뿌리가 루미나의 뿌리를 칭칭 감았어. 얼마 못 가 루미나가 시들어 버릴 줄 알았는데, 놀랍게도 결과는 달랐어."

루미나가 토양의 성질을 완전히 바꾸어 놓은 것이다. 척박하고 건조한 땅으로. 급격한 환경의 변화는 노란 꽃들을 몰락의 길로 내몰았다. 그 결과가 다음 사진이었다. 루미나를 제외한 노란 꽃들이 전부 다 죽어 버린 것이다. 초토화된 광경에 나는 몸서리를 쳤다.

"아무리 그래도 이건 너무하잖아. 노란 꽃들이 무슨

죄가 있다고?"

"그래, 그렇게 생각할 수 있어. 하지만 시간이 지나고 어떻게 됐을까?"

루미나가 바꾼 환경에 다른 씨앗들이 조금씩 날아들었다. 빨간 꽃, 파란 꽃, 녹색 잎을 가진 식물과 뾰족한 가시를 가진 식물. 그리고 결국엔 노란 꽃들도 다시 제 고향으로 돌아와 자리를 잡았다. 테오가 이어서 보여 준 사진은 처음 노란 꽃들의 군락지 사진과는 몰라보게 달라져 있었다. 각양각색의 식물들이 저마다의 개성을 뽐내며 어우러진 광경은 노란 꽃들만 모여 있던 장면과는 차원이 다른 아름다운 모습이었다.

"생태계의 구성이 다양하면 다양할수록 생존에 유리해져. 이제 이 땅의 구성체들은 환경이 어떻게 변하든 멸종하지 않을 거야. 다들 진화했거든. 함께 살아남기 위해서. 함께 살아 내기 위해서. 내가 진화한 이유도 그래."

"네가 진화했다고?"

"응. 나도 루미나처럼 진화했어. 이전의 인류와는 다른, 새로운 모습으로."

테오가 붉은 눈빛을 갖게 된 게, 산성 호흡을 하게 된 게, 함께 살아남기 위해서, 함께 살아 내기 위해서 진화한 거라니. 이해하기 어려운 말이었다. 그렇지만 그렇게 말하는 테오는 루미나만큼이나, 아니 그보다 더 밝게 빛났다.
테오가 말했다.

"나는 반드시 살아남을 거야. 내 모습 그대로."

7

테오의 비밀 정원에 내 지분이 생겼다. 바로 몬스테라를 비롯한 내 식물들. 그래서 나는 조금 더 뻔뻔하게 요구했다.

"나 이제 네 허락 없이 여기 와도 되지?"

테오는 헛웃음을 지었다.

"언제는 허락 맡았어?"

"하긴. 우리 사이에 허락은 필요 없겠지?"

"우리 사이라니?"

테오가 조금 당황해했다.

"이 정도 함께했으면 우리 사이라고 불러도 되는 거아니야? 거기다 은밀한 비밀까지 공유하고 있는데."

내가 눈을 가늘게 뜨며 테오의 팔을 콕 찌르자 테오가 움찔했다.

"마음대로 해."

서둘러 창고를 나서는 테오를 보며 나는 빙그레 미소를 지었다.

테오와의 관계가 지금만 같다면 얼마나 좋을까? 가면 갈수록 테오의 장점을 알게 됐다. 친절하고 다정했으며, 자기가 할 수 있는 한 모든 면에서 최선을 다했다. 나는 그런 테오의 진가를 아이들에게 전달하려고 애썼다. 내가 조금이라도 테오 편을 들면 수연이는 무슨 소리를 하는 거냐며 눈살을 찌푸렸지만, 전보다는 싫어하는 기색이 덜했다. 그도 그럴 게 전학 온 지 두 달이 다 돼 가는 지금까지 테오가 그 사건 이후로 아이들을 힘들게 한 적은 없으니까. 게다가 테오와 함께하는 생활이 어느 정도 익숙해지기도 했다. 막상 겪어 보니 생각만큼 위험하지도 않았고. 테오와 아이들은 적당한 거리를 두고 지내는 법을 터득하는 중이었다.

루미나도 조금씩 변해 갔다. 꽃잎이 하나둘 떨어지기 시작했는데, 조금 아쉬운 마음이 들었다. 그러나 테오는 반가워하는 것 같았다. 드디어 떨어진다며 바닥에 떨어진 꽃잎을 주워 들었다.

"루미나의 예쁜 모습을 좀 더 보고 싶었는데."

내가 서운해하자 테오가 내게 꽃잎을 건넸다.

"꽃은 다시 볼 수 있을 거야. 루미나는 또 자랄 테니까."

테오는 벅찬 눈빛으로 루미나를 바라봤다. 이제 루미나의 남은 비밀이 밝혀지기까지 얼마 남지 않은 듯했다. 그렇게 생각하자 나도 기대가 됐다. 비밀이 뭐기에 저렇게 꽁꽁 숨기는 걸까?

그러나 그 비밀은 생각보다 일찍, 원하지 않은 방식으로 밝혀졌다.

학기 말 평가가 끝나는 날이었다. 테오는 밤샘 공부를 했더니 피곤하다며 집으로 일찍 돌아갔다. 컨디션이 안 좋은 날에는 산성 호흡이 더 심하다고 걱정하며 말했다.

나는 비밀 정원에 잠시 들렀다 집으로 갈 생각이었다. 별관으로 향하는 길에 테오에게 메시지를 보냈다.

> 집이야? 몸은 괜찮아?

테오는 자는지 답장이 없었다. 그때, 누군가의 시선이 느껴져 나는 흠칫 고개를 돌렸다. 그러나 그곳엔 아무도 없었다.

'잘못 본 건가?'

시험 공부를 하느라 피곤해서 그런 걸지도 모르겠다고 생각하며 발길을 옮겼다. 5층 창고 문을 열고 들어가 식물들을 바라보며 한숨을 돌렸다. 루미나는 이제 꽃잎이 몇 장 남지 않았다. 알차게 여문 씨앗들이 가운데에 옹기종기 모여 있었고, 씨앗 표면에는 솜털 같은 날개들이 달려 있었다. 오래전에는 길가에 민들레라는 식물이 노란 꽃을 피웠다고 한다. 홀로그램 책으로 본 민들레 씨앗에도 날개가 달려 있었는데, 루미나의 모습과 흡사하다면 흡사했다. 하지만 루미나 씨앗은 민들레 씨앗보단 조금 더 묵직하고 단단했다.

몬스테라는 어느새 이파리를 키워 이제는 내 몸만큼이나 커졌다. 키도 얼마나 자랐는지 천장에 닿을 지경이었다. 하루가 다르게 자라나는 정원을 보며, 나는 예전에 가상 현실 시뮬레이션으로 경험한 열대 우림을 떠올렸다. 갖가지 생명체가 어울려 사는 곳. 어떤 모습이든 배척하지 않고 환영하는 곳.

"나는 언젠가 꼭 한번 열대 우림에 가 보고 싶어."

테오는 그렇게 말했었다.

"나도 같이 가."

나는 테오에게 새끼손가락을 내밀었다. 테오는 조금 망설이다가 장갑 낀 손가락을 걸었고.

물뿌리개로 정원 이곳저곳에 물을 줬다. 이 많은 식물이 마시기엔 어림도 없는 양이겠지만, 실은 돌봄의 의미를 가진 의식에 불과했다. 이곳 생태계의 중심이 된 루미나는 공기 중에 섞인 수분을 잎으로 빨아들인 뒤 뿌리를 통해 다른 식물들에게 제공했다. 하루에 한 번씩 창문을 열어 주는 것만으로도 생태계는 알아서 잘 돌아갔다. 어느 환경에서건 살아남을 수 있는 루미나의 생명력은 언제 봐도 놀라웠다.

오늘 할 일을 마쳤다는 가뿐한 마음으로 창고 문을 열고 나올 때였다. 아까의 그 시선이 또 느껴졌다. 서둘러 주변을 둘러봤는데, 아까와는 달리 인기척이 있었다. 후다닥 아래로 내려가는 발걸음. 순간, 들켰다는 생각에 덜컥 겁이 났다.

소리는 아래로 이어졌다. 계단 난간 사이로 내려다보니, 남자아이의 뒷모습이 눈에 들어왔다. 펄럭이는 넥타이가 녹색인 것으로 봐 한 학년 아래인 상급 3학년인 것 같았다. 놓쳐선 안 된다는 생각에 급히 그 아이를 쫓았다. 다행히 교문을 통과하기 전에 붙잡을 수 있었다.

"이거 놔요!"

남자아이가 목소리를 높였다. 나는 옷자락을 꼭 잡으며 간절히 말했다.

"얘기 좀 해."

"무슨 얘길 해요?"

잔뜩 일그러진 얼굴은 금방이라도 눈물을 쏟을 것 같았다.

"나, 죽기 싫어요. 이거 좀 놓으라고요!"

"죽는다니? 그게 무슨 말이야?"

"창고 안에 들어갔다 나왔잖아요. 산성 물질이 잔뜩 묻었을 텐데!"

"아니야. 그렇지 않아."

"그 에시디안이 5층 창고에 들어가는 걸 봤다고요. 누나가 운동장에서 에시디안이랑 같이 있는 것도 봤어요! 설마 5층 창고까지 들락거릴 줄이야. 누나, 그러고도 멀쩡할 것 같아요? 피를 토하고 죽을지도 모른다고요!"

"오해야. 그런 말도 안 되는 일은 벌어지지 않아."

"아니긴 뭐가 아니야! 우리 아빠가 당했는데!"

아빠를 입에 올리며 그 아이는 눈물을 흘렸다. 좀처럼 흥분을 가라앉히지 못해서 나는 그 아이가 한동안 울게 내버려뒀다.

한참을 울고 나서도 그 아이는 괴로운 것처럼 보였다. 나는 등을 부드럽게 다독이며 조용히 물었다.

"아빠가 왜? 뭘 당했다는 거야?"

그 아이가 고개를 들어 힘없는 눈빛으로 나를 봤다.

"누나가 물을 주던 그 꽃, 그 악마의 꽃. 왜 우리 학교를 지옥으로 만들려는 거예요?"

* * *

　나는 터덜터덜 집으로 발길을 돌렸다. 그 아이와 나눈 얘기들이 내 머릿속을 마구 헤집어 놓았다.

　남자아이의 이름은 정노아. 3년 전에 아빠가 돌아가셨다고 한다. 원인은 호흡기 질환의 악화로 인한 질식사. 폐에 물이 차서 숨을 쉬지 못해 고통스럽게 숨을 거두셨다고 한다. 노아가 너무 가여웠다. 아빠를 잃고 얼마나 슬프고 힘들었을까?

　노아의 아빠는 어느 날 노아와 자전거를 타던 중 갑자기 호흡 곤란을 일으키며 쓰러졌다. 병원 검사 결과, 산성 물질이 호흡기에 문제를 일으킨 것으로 밝혀졌다. 의사는 폐에 잔뜩 쌓인 산성 물질 때문에 숨쉬기가 힘들었을 텐데 어떻게 지금까지 견뎠냐고 물었다. 아빠는 고개를 갸우뚱했다. 잔기침이 조금 있었지만 괜찮다고 생각했는데 심각한 질병이라니, 의아했다. 그날로 아빠는 병원에 입원했고 끝내 퇴원하지 못한 채 병상에서 생을 마감했다.

　돌아가시기 전 노아의 아빠는 공무원으로 일했다. 에시디안의 복지를 책임지는 담당관이었다. 그래서 에시디안과 가깝게 지냈다. 한데 어울려 생활하는 것에 거리낌이 없었다. 노아에게도 에시디안의 장점을 말해 주곤 했다.

그러나 노아는 알고 있었다. 에시디안을 돌보는 일이 마냥 쉽지는 않다는 것을. 아빠의 옷과 신발은 다른 사람들 것보다 더 빨리 해졌고, 아빠는 종종 피부염을 앓기도 했으니까. 그게 다 에시디안과 접촉해서 생긴 일이란 걸 노아는 잘 알고 있었다.

"그렇게 힘든 일을 하면서도 아빠는 단 한 번도 에시디안을 욕한 적이 없어요."

노아는 그런 아빠를 자랑스러워하면서도 걱정했다. 어느 날 아빠가 말해 준 식물 때문이었다. 아빠는 그 식물만 있으면 마스크를 벗은 채 에시디안과 함께 생활해도 아무렇지 않다고 했다.

"말도 안 되는 소리라고 했죠. 그러다 큰일 난다고."

노아는 황당해서 목소리를 높였지만 아빠는 오히려 기대에 차 있었다. 에시디안과 마스크 없이 마주 보고 대화를 나누었다고. 며칠 지났는데도 기침이 전혀 안 난다고 했다.

어느 에시디안 과학자가 개량했다는 그 꽃은 꽃잎이 은은한 빛을 내뿜는다고 했다. 아빠는 그 빛이 인류에게 희망의 등불이 돼 줄 거라고 믿었다. 더 이상 그들을 두려워하지 않아도 될, 에시디안과 비에시디안이 하나 되는 세상이 올 거라고.

"아빠는 심지어 그 에시디안 과학자를 천재라고 했어요. 지금 생각해 보면 어이가 없어서."

노아는 얼굴을 일그러뜨리며 입술을 깨물었다.

그 꽃이 루미나였다. 루미나가 꽃을 활짝 피웠을 때, 노아의 아빠는 마스크를 던지고 에시디안과 함께했다.

"아빠는 에시디안이 공기 중에 내뿜는 산성 물질을 루미나가 중화할 수 있다고 했어요."

그러나 중화는 제대로 이루어지지 않았다. 루미나가 제 기능을 못 한 것이다.

"왜 중화가 안 된 거야?"

"모르겠어요. 루미나를 개량했다는 그 에시디안 과학자도 갑자기 사라져서 이유를 알아낼 수 없었어요."

노아는 지금 생각해도 억울한 듯 주먹을 부르르 떨었다. 아빠의 몸은 조금씩 산성 물질에 노출돼 부식됐고, 끝내 노아 곁을 떠나게 됐다. 노아에게 루미나는 희망의 등불이 아닌, 아빠를 빼앗아 간 죽음의 불이었다.

노아는 에시디안이 전학 온다는 소문이 돌았을 때, 그 에시디안 과학자와 루미나가 떠올랐다고 한다.

"아빠는 마지막까지 그 사람 잘못이 아니라고 했지만,

95

나는 그 말을 믿지 않았어요. 떳떳했다면 그 사람이 왜 사라졌겠어요? 아빠를 죽게 하려고 말도 안 되는 거짓말을 했을지도 모르잖아요. 아빠가 죽은 건 에시디안과 루미나 때문이에요."

노아의 마지막 말에 나는 반박하고 싶어졌다. 노아는 이성적이지 못했다. 마땅한 증거도 없이 억측을 하는 것일 수도 있었다. 게다가 에시디안 한 사람을 향한 미움이 에시디안 전체를 향해 번진 듯했다. 아빠가 그렇게 된 건 정말 안됐지만, 그 일을 테오가 한 건 아니지 않나. 하지만 나는 아무 말도 할 수 없었다. 내가 노아라도, 아빠의 죽음이 그 과학자와 연관됐다고 생각했을 거다. 물증은 없어도 심증이라는 게 있으니까. 하필 그때 과학자가 사라진 이유가 뭘까? 우연이라고 하기엔 타이밍이 나빴다.

노아는 전학 온 테오가 학교에 적응하지 못하고 외톨이가 되는 듯해 안심이 됐다고 한다. 그러던 어느 날 늘 혼자이던 테오 곁에 누군가가 함께 있는 걸 보게 됐다. 어쩌다 한 번이겠지 했는데 두 번, 세 번 횟수가 늘어났다.

그 누군가가 바로 나였다. 심지어 테오와 내가 별관으로 향하는 것도 봤단다. 처음엔 테오가 분리 교실이 익숙해서 자꾸 그곳에 가는 줄 알았다고 한다.

"최근에야 그게 아닌 걸 알게 됐죠."

노아는 테오와 내가 마주 웃으며 대화하는 걸 보게 됐다. 그때 자신이 뭔가를 놓치고 있다는 걸 깨달았다. 그래서 우리 두 사람을 미행했고, 별관 5층 창고에 들어가는 모습을 목격했다.

창고 안에 무언가 비밀이 있다는 걸 직감했지만, 문을 열 자신은 없었다고 한다. 그곳에 어떤 게 기다리고 있을지 모르니까. 그렇게 고민에 고민을 거듭하던 노아는 마침 오늘 테오 없이 홀로 별관으로 향하는 나를 목격했다. 그렇게 내 뒤를 밟아 온 그곳에서 꿈에도 생각하지 못한 루미나를 보게 된 것이다.

한숨이 나왔다. 이제 어떡해야 하나? 노아의 태도로 봐 당장 소란이 일어나도 이상하지 않았다. 답답한 마음에 아직 답장이 없는 테오에게 또다시 메시지를 보냈다.

> 뭐 해? 잠깐 볼 수 있어?

답장이 올 때까지 집 근처를 배회했다. 다행히 얼마 안 있어 테오에게 답장이 왔다.

> 잠깐 잠들었어. 어디야?

나는 곧바로 테오에게 홀로그램 전화를 걸었다. 테오의 홀로그램이 허공에 나타났다. 테오는 집에서도 마스크를 쓰고 있었다.

"잠깐 만날 수 있어? 할 말이 있어."

"무슨 일인데?"

내 말투가 심각했는지 테오는 눈치를 보는 듯했다. 웬만하면 티를 내고 싶지 않았지만 도무지 표정 관리가 안 됐다. 비밀 정원을 들켜 버렸다는 걸 알면, 그것도 에시디 안에게 적대적인 아이에게 들킨 걸 알면 테오는 많이 심란해할 것이다.

"만나서 얘기해."

테오는 준비를 하고 곧장 나오기로 했다. 그런데 만나기에 적당한 장소가 생각나지 않았다. 결국은 비밀 정원, 아니, 이제는 더 이상 비밀이 아닌 5층 창고에서 보기로 했다.

머리가 복잡해서 걸음이 느려졌다. 무슨 말부터 해야 할까? 노아에게 정원의 존재를 들킨 것? 아니면 노아 아빠가 돌아가신 이유? 모르겠다. 무슨 말을 꺼내든 웃으면서 말을 건네진 못할 것 같았다.

창고에 도착했을 때, 테오는 루미나를 바라보고 있었다. 내가 인기척을 내자 테오가 돌아봤다. 테오 눈에는 기뻐하는 기색이 가득했다.

"이것 좀 봐."

테오는 어서 와 보라는 듯 손짓하더니 루미나 잎을 매만졌다.

"거의 초록색이 됐어. 이제 정말 얼마 안 남았어."

정말이었다. 얼마 전까지만 해도 선명한 붉은색이었는데 어느새 잎은 초록으로 물들어 있었다. 속이 꽉 막히는 것 같았다. 나는 루미나 가까이 다가가 그 잎을 가만히 어루만졌다. 테오는 루미나가 희망이 돼 줄 거라고 했다. 그런데 그 루미나가 누군가에게는 큰 상처라면? 과연 루미나는 테오의 말처럼 우리 모두의 희망이 될 수 있을까? 아니면 노아가 말한 것처럼 루미나는 악마의 꽃일까? 하지만 나는 그렇게 생각하지 않기로 했다. 그동안 내가 봐 온 테오를 믿어서였다. 테오라면 그런 위험한 꽃을 심진 않았을 것이다. 루미나가 중화 기능을 못 한 것도 어쩔 수 없는 이유가 있었겠지. 그렇게 스스로를 설득했지만, 착잡한 마음은 쉽게 사라지지 않았다.

루미나를 뽑는 게 어떻겠냐고 얘기해 볼까? 하지만 그렇게 말하기엔 루미나를 바라보는 테오의 눈빛이 너무 빛났다. 테오가 루미나에게 가지는 기대가 더없이 커 보였다. 아마도 테오 또한 노아의 아빠처럼 루미나를 심으면 마스크 없이 우리와 함께할 수 있다고 생각하는 걸지도 모르겠다. 하지만 그게 안 된다는 걸 안다면 테오는 많이 실망하지 않을까? 나는 한참을 망설이다가 어렵게 입을 열었다.

"테오야, 미안해."

테오는 무슨 말인지 모르겠다는 듯 고개를 갸웃했다.

"나… 들켰어."

나는 고개를 들지 못했다.

"들켜? 뭘?"

"학교 끝나고 잠시 창고에 들렀다 가는데… 누군가 날 미행했어."

테오 눈에 당황한 빛이 역력했다. 그래도 곧 침착함을 되찾고 말했다.

"괜찮아."

말은 그렇게 해도 걱정하는 눈치였다. 학교 창고에 함부로 식물을 심은 건 그냥 넘어갈 수 있는 문제가 아니니까. 학교에 알려지면 많이 곤란해질 것이다. 하지만 나는 다른 게 더 궁금했다.

"테오야, 네가 말한 희망은 우리가 다 같이 마스크를 벗는 거야? 루미나가 그렇게 만들어 주는 거야? 산성 호흡을 중화해서?"

테오가 놀란 얼굴을 했다.

"어떻게 알았어?"

"노아가 말해 줬어."

"노아?"

"나를 미행한 아이. 우리 학교 상급 3학년인데, 걔가 루미나를 알아."

테오는 눈을 부릅뜬 채 말이 없었다. 충격을 받은 걸까? 하지만 아직 더 큰 충격이 남아 있었다. 나는 손가락이 하얗게 되도록 주먹을 쥐었다. 지금부터 내가 하는 말은 테오를 실망시킬 것이다. 그렇지만 노아가 겪은 슬픔을 외면할 수도 없었다.

테오의 희망을 꺾는 사람이 하필 나라니. 너무 싫지만, 다른 사람보단 차라리 내가 나을 것이다. 성난 노아가 테오를 몰아붙이기 전에 사실을 얘기해야 한다. 나는 내 진심이 전해지길 바라는 마음으로 무겁게 입을 열었다.

"테오야, 안타깝지만 루미나는 희망이 돼 주지 못할 것 같아."

나는 노아 얘기를 테오에게 들려줬다. 노아의 아빠가 어떻게 돌아가셨는지도. 내 말이 이어지는 동안, 테오는 숨소리도 내지 않고 귀를 기울였다.

"루미나는 산성 물질을 중화할 수 없나 봐."

전학 첫날 화분을 소중히 안고 있던 테오의 모습이 떠올랐다. 얼마나 기대했을까. 얼마나 기다렸을까. 루미나를 앞에 두고 마스크를 벗을 날을. 그러나 테오의 희망은 빛을 잃어버렸다. 너무 속상했다. 눈물이 날 만큼.

정적이 이어졌다. 우리는 서로를 바라보지 못한 채 그렇게 한참을 있었다. 이윽고 테오가 입을 열었다.

"나 먼저 돌아갈게. 생각할 시간이 필요해."

나는 그런 테오의 가슴에 또 한 번 못을 박아야만 했다. 그래야 테오를 지킬 수 있을 것 같았다.

"우리… 루미나를 뽑을까?"

테오는 말이 없었다. 얼어붙은 듯 멍하니 있다가 대답도 하지 않고 창고를 나가 버렸다.

엉망이 된 것 같았다. 나는 고개를 들어 루미나를 원망하는 눈으로 바라봤다. 너만 아니었다면 이런 일은 없었을 거야. 테오도, 노아도, 다른 누구도 아픈 건 싫단 말이야.

하지만 알고 있었다. 이 정원을 지키는 루미나는 아무 잘못이 없다는 걸. 루미나는 이런 내 복잡한 마음도 모르고 은은히 빛나고 있었다.

8

  잠이 오지 않아 한참을 뒤척였다. 새벽에 가까워서야
가까스로 잠들었지만 커튼 너머로 아침 햇살이 찾아들어
눈을 떠야 했다. 겨우 일어나 주방으로 갔다. 매일 하던
대로 엄마는 빵을 토스트기에 돌렸고, 나는 잼과 우유와
컵을 챙겼다. 엄마는 아침부터 중요한 회의가 잡혔다며
서둘렀다. 내가 식탁 앞에서 뭉그적거리자 엄마가 눈살을
찌푸렸다.

  "빨리빨리 먹어. 시간 없다니까?"

  나는 빈 컵을 물끄러미 바라보다가 자리에서 일어났
다. 방으로 걸음을 돌리는데 뒤통수로 엄마의 목소리가
날아왔다.

  "밥 안 먹어?"

  "입맛이 없어. 오늘은 그냥 갈래."

나는 방으로 돌아가 다시 침대에 누웠다. 학교에 가고 싶지 않았다. 마음 같아서는 하루 종일 침대에 붙어 있고 싶었다.

"무슨 일 있어? 생전 늦장은 안 부리더니."

엄마가 방으로 들어와 걱정스럽게 물었다.

"일은 무슨. 그냥 몸이 좀 안 좋아서."

"혹시 그 에시디안 때문에?"

엄마의 안색이 어둡게 변했다.

"아니야!"

"깜짝이야! 아니면 아니지 왜 소리를 질러? 목청 큰 거보니 별일 아닌가 보네. 그럼 얼른 서둘러."

엄마가 나가고, 나는 한숨을 내쉬며 교복을 입었다. 교복이 이렇게 무거운 옷이었나.

학교에 도착하니, 교문 앞이 시끄러웠다. 여기저기 모여 웅성거리는 아이들이 보였다. 시선은 모두 별관으로 향해 있었다. 역시나 일이 터졌나 보다. 어제 노아는 내게 경고했다. 루미나를 없애지 않으면 테오를 가만두지 않을 거라고. 나는 조금만 더 시간을 달라고 부탁했지만, 그 아이는 참을 수 없었던 모양이다.

별관 출입문에도 아이들이 모여 있었다. 다들 나를 보

더니 수군거리며 길을 비켜 줬다. 아무렇지 않은 척 그 사이를 지나가려는데, 한 남자아이의 말이 귀에 꽂혔다.

"쟤가 에시디안이랑 친하대."

나는 움찔 어깨를 떨었다. 처음 보는 아이조차 내가 테오와 가깝게 지낸다는 걸 알고 있다니. 새삼 소문이라는 게 얼마나 빠른지 실감했다. 나는 별관 위를 향해 고개를 돌렸다. 한숨과 함께 마음이 무거워졌다.

별관 건물 안에도 아이들이 가득했다. 그 아이들을 지나쳐 5층으로 향했다. 마침내 도착한 창고 앞에는 선생님들을 비롯한 많은 아이들이 누군가를 둘러싸고 있었다. 테오였다.

몇몇 선생님들은 넋을 놓고 창고 안을 들여다보고 있었다. 한 선생님은 아이들이 창고 들어오지 못하게끔 통제했다. 그러나 아이들은 그 안이 궁금한지 물밀듯 몰려들었다. 창고 안을 가득 채운 식물들을 보고는 감탄하는 아이도 있었다. 인공 수목이 아닌 살아 있는 식물들을 이렇게 많이 볼 수 있는 건 흔치 않은 일이니 당연한 반응이었다.

아이들을 통제하던 선생님은 안 되겠다고 생각했는지 창고 문을 닫아 버렸다. 그런다고 끝날 문제는 아니었다. 신기한 건 신기한 거고, 황당한 건 황당한 것이었다. 아이들은 테오에게 언성을 높였다. 어떻게 된 일인지 설명을 해 보라고, 창고가 왜 저렇게 된 거냐고. 식물이 위험하지 않다는 사실은 모두 알고 있을 테다. 하지만 테오가 몰래 키운 식물이라면 얘기가 달라졌다. 아이들은 테오에게 남모를 꿍꿍이가 있을 거라고 생각했다.

아이들 사이에 있던 노아가 그 의심의 불길에 기름을 들이부었다.

"루미나는 악마의 꽃이야! 우리 모두를 죽일 거라고!"

엄밀히 말해 루미나는 사람을 죽이지 않는다. 노아도 그걸 알고 있지만, 그렇게 말했다. 루미나가 마치 아빠를 죽게 만든 것처럼. 주변이 술렁거렸다. 몇몇 아이들이 겁먹은 표정으로 루미나를 없애라고 소리쳤다.

이런 상황에서 나는 테오를 어떻게 변호해야 하나. 마음 같아서는 숨어 버리고 싶었다. 나는 원래 누구 앞에 나서길 좋아하는 사람도 아닌데.

그런데 또 다른 마음이 나를 가만두지 않았다. 테오를 도와주라고. 루미나와 이 정원을 지키라고. 테오가 직접 루미나를 처리할 수 있도록 시간을 벌어 주고 싶었다.

나는 무리 사이를 헤집고 들어가 테오 옆에 섰다.

"얘들아, 잠깐만! 루미나는 그런 꽃이 아니야. 아무도 죽이지 않아!"

누구도 내 말을 들으려 하지 않았다. 아이들은 당장 창고 문을 열고 루미나를 뽑으라고 했다. 선생님들이 그만하라며 진정시키는데도 분노는 쉽게 사그라들지 않았다. 급기야 선생님들은 한 발 물러나는 분위기였다. 창고를 정원으로 만들다니. 게다가 위험할지도 모르는 루미나까지 마음대로 심었다고 하니 학교 입장에서는 결코 그냥 넘어갈 수 없을 것이다. 교실 분리를 넘어서 더한 조치가 이루어진다고 해도 할 말이 없는 상황이었다.

아이들 사이에서 너희 사는 곳으로 꺼지라는 말이 들려왔다. 왜 일반 학교에 전학 와서 모두를 괴롭히냐고, 그냥 너희들끼리 잘 지내면 되지 않냐는 말들이 서슴지 않고 터져 나왔다. 그 말이 테오를 얼마나 아프게 할지 알면서도 멈추지 않았다. 다들 당했다고 생각하니 그만큼 테오에게 갚아 주고 싶은 것이다.

누군가가 소리쳤다.

"학교에 저런 위험한 식물을 몰래 심다니, 미쳤어? 우리한테 미안하지도 않아?"

고개를 숙이고 있던 테오가 눈을 들었다. 얼핏 보기에도 많이 슬퍼 보였다. 그런데 그 아이 입에서 나온 말은 눈빛과는 전혀 달랐다.

"미안하지 않아."

테오는 두 번 세 번 연거푸 말했다. 너무 당황한 나머지 나는 입을 다물지 못했다. 겨우 정신을 차리고 테오에게 말했다.

　"어쩌자고 그런 말을 하는 거야? 미안하다고 해야지!"

　그때, 노아가 참지 못하고 테오에게 손을 뻗었다. 아니, 노아뿐이 아니었다. 여러 명의 아이들이 테오에게 덤벼들었다. 눈이 뒤집힌 채 테오에게 주먹을 내질렀다. 아무도 말리는 사람이 없었다. 테오는 저항도 하지 않고 당했다. 발길질에 차이고 옷이 찢기고 마스크 위로 코피가 점점 번졌다.

　나는 테오를 감싸기 위해 그 아이들 사이에 끼어들었다. 그때 누군가가 내 손목을 잡아끌었다. 수연이었다. 수연이는 나를 데리고 별관 1층으로 내려왔다. 그러곤 큰소리로 말했다.

　"그 자식 그만 감싸 줘! 걔가 너한테 뭘 해 줬다고 이래?"

　뭘 해 줬냐고?

　"꼭 뭘 해 줘야 친해지는 건 아니잖아."

　함께 웃고 얘기 나누고 시간을 보내고. 그 정도만으로도 친구가 될 수 있다. 수연이와 나도 그랬고. 그런데 테오와는 그러면 안 되는 걸까? 왜? 그 아이가 에시디안이라서?

수연이는 어이없어했지만, 그런 반응을 신경 쓸 겨를이 없었다. 얼른 테오를 구해야만 했다.

분노한 아이들을 어떻게 잠재웠는지 모르겠다. 나는 선생님들에게 도움을 청했다. 선생님들은 어쩔 수 없다는 듯 아이들을 뜯어말렸다. 그사이 테오는 만신창이가 돼 있었다. 피를 흘리며 고통스러워했는데, 검붉은 피가 바닥에 닿으며 독한 연기를 내뿜자 다들 소스라치며 물러났다. 곧바로 구급차가 와서 테오를 실어 갔다. 테오와 접촉한 아이들도 병원으로 옮겨졌다.

이후 테오가 어떻게 됐는지는 듣지 못했다. 선생님들은 말을 아끼는 듯 보였다. 곧바로 긴급회의가 열렸고 창고의 식물들을 제거하기로 결정했다.

"전문 업체가 학교에 방문해 폐기물을 안전하게 철거할 거야."

가슴이 답답했다. 폐기물? 내 식물들이, 내 몬스테라가 폐기물이라고? 그보다 루미나는 어떻게 되는 걸까?

하굣길에도 학교는 시끄러웠다. 여러 방송국의 기자들이 학교를 찾아왔다. 기자들은 학생들을 인터뷰하고, 싸움이 벌어진 장소를 찍고, 뉴스를 녹화했다.

"에시디안 학생이 전학 오기 전부터 학교 측과 보호자

들은 우려의 목소리를 높이며 수용 거부 의사를 밝혔으나 교육 당국 및 복지부는 차별 금지법에 저촉되는 일이라며…"

이번 사태를 부정적으로 바라보는 시선이 대부분이었다.

인터뷰에 응한 이들 대다수는 테오와 몸싸움을 벌인 아이들이었다. 병원에서 돌아온 그들은 열변을 토하며 자기가 주먹을 휘두를 수밖에 없었던 이유를 말했다. 언제까지 참고 살 수는 없지 않냐며, 내 안전을 해치는 존재와 맞서 싸우는 것도 용기가 아니냐고 했다. 그중에는 노아도 있었다. 노아는 아빠의 죽음을 입에 올렸고, 기자는 심각한 얼굴로 인터뷰를 이어 갔다.

테오가 지금 학교 분위기를 알면 어떤 마음이 들까? 학교에서 정원을, 루미나를 없애기로 했다는 것도 모르고 있겠지? 나 아니면 그 사실을 전해 줄 사람도 없을 것이다. 그러나 테오와 연락이 닿지 않았다. 메시지를 보내도 답장이 없었고, 전화를 해도 연결할 수 없다는 안내음만 반복됐다.

다음 날도, 그다음 날도 테오는 등교하지 않았다. 주말이 지나고도 등교하지 않자 점점 걱정이 커졌다. 혹시 많이 다쳐서 못 나오는 걸까? 그러다 창고 철거일이 이틀 뒤로 정해지자 더는 기다리기 힘들었다. 그 길로 선생님을 찾아가 테오가 왜 등교하지 않는지 물었다. 선생님은 인상을 찡그리며 그게 왜 궁금하냐고 물었다.

"친구잖아요. 친구가 학교에 안 나오면 당연히 궁금한 거 아닌가요?"

내 말에 선생님이 헛웃음을 지었다.

"네가 테오를 잘 챙겨 줘서 고마웠어. 그리고 미안하구나. 너한테 그간 너무 무거운 짐을 맡겼어."

그런가? 나는 그동안 테오라는 무거운 짐을 짊어진 거였나? 이제 그만 신경 써도 된다는 선생님 말에 고개를 꾸벅 숙이고 돌아섰다. 그런데 아무리 생각해도 그건 아니었다. 나는 선생님 앞으로 돌아갔다.

"짐 아니었어요."

"뭐?"

"무겁지 않았어요. 아니, 오히려 테오랑 함께할 수 있어서 좋았어요."

그 말을 하는데, 내가 뭘 해야 할지 깨달았다.

* * *

학교를 마치자마자 발걸음을 빨리했다. 테오네 집으로 찾아갈 생각이다.

선생님에게 테오네 집 주소를 물었지만, 선생님은 개인 정보라 함부로 알려줄 수 없다고 했다. 테오도 자기 집이 어딘지 말해 준 적이 없었다. 그러나 테오네 집 주소를 알아내는 방법은 어렵지 않았다. 온라인 복지 센터에 접속하면 에시디안 위험 구역을 확인할 수 있다. 이름 등의 정확한 개인 정보는 공개하지 않더라도 에시디안이 사는 곳을 얼마든지 알 수 있었다. 그리고 우리 학교 인근에 사는 에시디안은 테오밖에 없다.

그런데 위험 구역이라니. 문득 에시디안이 왜 우리 주변에 많지 않은지 알 것 같았다.

그렇게 알아낸 테오의 집은 학교에서 걸어서 20분 거리에 있었다. 낡디낡은 공공 다세대 임대 주택의 3층. 그곳이 테오의 거주지였다. 공동 현관문 앞에 서서 무작정 테오네 집 호출 버튼을 눌렀다. 그러나 한참을 기다려도 반응이 없었다. 집에 아무도 없는 걸까? 테오는 그날 다쳐서 병원으로 후송된 뒤 아직 돌아오지 않았는지도 모른다. 아니면 집에 있으면서도 없는 척하는 걸지도.

미련이 남아 발길을 돌리지 못하고 주변을 어슬렁거렸다. 그렇게 얼마나 시간이 흘렀을까. 엄마보다 나이가 조금 더 많아 보이는 한 아주머니가 다가와 말을 걸어 왔다.

"혹시 주해율 학생이에요?"

내 이름을 알고 있어서 놀랐다.

"누구세요?"

"맞구나. 주해율 학생 맞아."

아주머니는 무척이나 반가워하면서 자신은 테오의 생활을 도와주는 복지사라고 말했다.

"테오가 해율 학생 얘기를 많이 했어요."

"정말요?"

"그럼요. 좋은 친구를 만났다고 얼마나 기뻐하던지. 그런데 혹시 테오 만나러 온 거예요?"

"네."

"이걸 어쩌나. 지금은 집에 없을 거예요."

복지사 선생님은 테오의 짐을 정리하려고 잠깐 들른 거라 했다.

"혹시 테오가 아직 병원에 있나요?"

"아니요. 퇴원했고, 많이 괜찮아졌어요. 다만 좀 먼 곳에 가 있거든요. 오늘 밤에나 올 거예요."

"먼 곳이요? 어딜 갔는데요?"

"말해도 되나 모르겠네. 테오가 말하지 말라고 했는데."

잠시 주저하던 선생님은 어차피 시간이 지나면 알게 될 테니 말해 주겠다고 했다.

"테오, 이틀 뒤에 멀리 전학 가요. 걔도 참. 갈 때는 가더라도 인사는 하라고 했더니, 못 하겠다고 하더라고요. 그냥 조용히 사라지는 게 낫겠다고…"

이렇게 가 버린다고? 너무 갑작스러웠다. 학교 분위기가 테오에게 더욱 호의적이지 않게 된 건 맞았다. 테오가 전학 가야 한다는 목소리가 전보다 훨씬 커졌다. 학교도 테오가 창고에 식물을 심은 걸 탐탁지 않아 했고. 그래도 사과하고 다시는 이런 일을 벌이지 않는다면 전학을 가지 않아도 될 텐데. 아주머니가 이런 내 생각을 읽은 듯 덧붙였다.

"테오는 루미나를 포기하지 못하겠대요. 전학 가서 또 심을 작정인지."

선생님은 고집을 부리는 테오 때문에 속상하다며 한숨지었다. 나도 답답하긴 마찬가지였다. 대체 루미나가 뭐기에 그렇게까지 심으려는 건데? 전학을 가면서까지 그래야 할 필요가 있을까? 그럼 나한텐 왜 잘해 준 건지. 전학 갈 생각까지 있었다면 왜 친해진 건지. 나는 테오에게 그 것밖에 안 되는 존재였나? 우리가 함께한 순간들이 테오에겐 훌훌 털어 버려도 괜찮은 시간이었을까? 나는 그렇지 않은데.

상심한 채 되돌아가는 나를 선생님이 붙잡았다.

"너무 섭섭하게 생각하진 말아요. 테오도 헤어지는 게

싫을 거예요. 그래서 더 안 보려는 걸지도 모르고요. 원체 외로움을 많이 타던 아이였으니까…"

선생님은 눈시울을 붉히며 말을 이었다. 보호자였던 아빠가 갑자기 집을 나가 혼자가 된 테오는 의지할 곳 하나 없는 아이였다고. 자신이 주기적으로 들여다보지만 그것만으로는 그 아이의 깊은 외로움을 다 달랠 수는 없었을 거라고.

"테오는 해율 학생에게 진심으로 고마워하고 있을 거예요."

그날 밤. 머리가 복잡해서 밥도 못 먹고 침대에 누워만 있었다. 이제 테오를 못 본다고? 가슴 한구석이 많이 시렸다. 아무리 생각해도 이대로 테오를 보낼 수는 없었다. 복지사 선생님 말처럼 갈 땐 가더라도 인사는 해야지. 잘 가라는 말은 못 하더라도, 얼굴은 마주 보고 싶었다.

어떻게 해야 테오를 만날 수 있을까? 고민을 거듭하던 나는 급히 휴대 전화를 들고 낮에 받아 둔 복지사 선생님의 전화 번호를 눌렀다. 신호음이 몇 번 울린 뒤 전화가 연결됐다.

"선생님, 밤늦게 죄송해요. 그런데 저, 아무래도 테오를 만나야겠어요."

다음 날, 학교가 끝나고 나는 곧장 테오네 집으로 향
했다. 이번에는 거침이 없었다. 선생님에게 받은 비밀번호
로 다세대 주택 공동 현관문을 열고 들어갔다. 테오네 집
이 있는 3층으로 올라가 여섯 개의 현관문이 나란히 있
는 긴 복도에 섰다. 테오네는 세 번째 집이었다. 그 앞에
서서 문을 쾅쾅 두드렸다.

"강테오, 안에 있는 거 다 알아!"

몇 번 더 문을 두드렸지만 역시나 반응이 없었다.

"너 내일 이사 간다며? 그럼 내일 비밀 정원이 철거된
다는 것도 알아?"

그 말을 하는데 목이 메었다. 얼마나 애지중지하며 돌
본 정원인지 모른다. 테오가 정원을 아꼈던 만큼 내게도
소중한 공간이었다. 테오와의 시간이 고스란히 녹아 있
는, 잃고 싶지 않은 장소. 테오와 점점 가까워질 수 있었던
비밀 아지트. 그런 정원이 내일이면 송두리째 사라진다.

그리고 테오가 떠난다.

"네가 그랬잖아. 루미나가 우리의 희망이라고."

여전히 대답은 돌아오지 않았지만 어쩐지 테오가 내
얘기를 듣고 있을 것 같았다. 이 문을 열면 그곳에 테오가
서 있을 것 같았다. 나는 떨리는 목소리로 물었다.

"테오 너, 거기 있지?"

나는 현관문에 손바닥을 가져다 댔다. 테오와 처음으로 하이파이브를 한 그날처럼.

"나는 오늘 밤, 루미나의 마지막을 봐야겠어. 너도 같이 봤으면 좋겠어."

나는 오래도록 손바닥을 떼지 못했다. 내 진심이 테오에게 전해지길 바라면서.

9

학교에 늦게까지 남기 위해 온갖 거짓말을 해야 했다. 우선 엄마에겐 친구들과 모둠 과제를 하느라 도서관에 갈 거라고 했다. 엄마는 야근이 잦아 어차피 오늘도 늦을 테지만, 말없이 집을 비울 수는 없었다. 엄마가 눈치챌까 봐 얼마나 조마조마했는지 모른다. 하지만 엄마는 생각보다 별 의심 없이 내 말을 받아들였다.

학교에서도 복도를 어슬렁거리다가 선생님들을 몇 번이나 맞닥뜨렸다. 그때마다 이런저런 핑계를 대 가며 학교에 남은 이유를 설명했다. 그러나 선생님들 퇴근 시간이 지나서까지 돌아다닐 수 없어서 별관 외진 교실에 숨었다.

창고 철거를 앞둔 별관은 고요하기 짝이 없었다. 내일 아침 일찍 전문 업체가 작업을 시작한다고 들었다. 그 생각을 하니 절로 한숨이 나왔다.

배가 꼬르륵거릴 땐 미리 챙겨 온 간식을 먹으며 버텼다. 그렇게 밖이 어두워질 때쯤, 밖으로 나왔다. 불 꺼진 복도는 왠지 모르게 으스스했다. 휴대 전화 플래시에 의지해 5층까지 올라갔다. 내 발소리에 내가 놀란다는 게 실감났다.

그런데 문제가 생겼다. 그날 이후 처음으로 찾은 5층 창고는 굵은 쇠사슬과 자물쇠로 굳게 잠겨 있었다. 자물쇠를 마구 흔들어 봤으나 꿈쩍도 하지 않았다. 어떡하나 고민하고 있는데, 뒤에서 목소리가 들렸다.

"그 정도로 열리진 않아."

나는 놀란 가슴을 진정시키며 고개를 돌렸다.

"테오야!"

테오가 다가왔다. 어둠에 가려 보이지 않던 얼굴이 이제는 창가 너머 달빛에 좀 더 선명히 보였다.

"세상에, 너 눈이…!"

테오의 눈은 퍼렇게 멍이 들고 퉁퉁 부어 있었다. 코 아래는 마스크에 가려져 있지만 눈과 크게 다르지 않을 것이다. 나는 테오가 안쓰러워 손을 뻗었다. 멍 든 곳에 내 장갑 끝이 스치자 테오가 눈을 살짝 찌푸렸다.

"많이 아파?"

"아니야. 괜찮아."

테오가 씩 웃었다. 그러곤 나를 지나쳐 창고 문 앞에 섰다. 테오는 주머니에서 얇은 철사를 꺼내더니 열쇠 구멍에 밀어 넣고 이리저리 흔들었다. 놀랍게도 자물쇠는 손쉽게 툭 열렸다. 내가 눈을 동그랗게 뜨자 테오는 어깨를 으쓱했다.

테오가 창고 문을 열었다. 시원한 공기가 훅 하고 밀려 나왔다. 오래도록 갇혀 있었을 그 공기들이 어쩐지 상쾌하게 느껴졌다. 학교에서, 아니, 도시에서 식물이라곤 이곳에만 있다. 그리고 이 식물들은 내일이면 사라진다. 공기 속에서 '나도 살고 싶다'는 식물들의 애원이 들리는 것 같았다.

안타까운 심정으로 정원에 발을 들였다. 그간 애정을 쏟았던 식물들이 달빛을 받아 은은히 빛났다. 그 가운데 고고한 모습으로 자리 잡은 루미나. 그런데 루미나의 모습이 조금 달라져 있었다.

"신록의 루미나…."

절로 그 말이 나왔다. 루미나가 왜 그렇게 불리는지 이제야 깨달았다. 루미나는 잎과 줄기, 씨앗까지 온통 푸릇한 초록으로 변해 있었다. 신비롭기만 한 루미나에게 한동안 눈길을 빼앗겼다. 테오 역시 감격한 눈빛이었다. 나는 테오 곁으로 다가가며 물었다.

"네가 말한 게 이런 모습이었어?"

테오가 고개를 끄덕였다.

"응."

그러곤 조심스럽게 나를 향해 고개를 돌렸다.

"해율아, 나 마스크 벗어도 돼?"

"지금?"

조금 당황스러웠다. 노아의 아빠 일도 생각났다. 노아는 루미나가 산성 물질을 중화하지 못한다는 믿음을 여전히 버리지 못했다. 내가 망설이자 테오가 한 번 더 말했다.

"루미나의 마지막 능력을 보여 주고 싶어."

평소 같았으면 내가 싫다는 일은 하지 않을 테오였다. 그런데 오늘은 달랐다. 테오는 간절히 원하는 눈빛이었다. 나는 조심스럽게 말했다.

"하지만 그 능력은… 제대로 작동하지 않았었잖아."

"이젠 작동할 거야. 네가 나를 믿는다면."

그러고 보니 테오가 마스크 벗은 얼굴을 한 번도 보지 못했다. 확신에 찬 테오의 눈을 보니 그 아이를 다시 한번 믿을 용기가 생겼다.

"그래, 벗어 봐."

이윽고 테오가 마스크를 벗었다. 그렇게 드러난 테오의 온전한 얼굴. 비록 주먹에 맞아 부어 오르고 여기저기

염증투성이였으나, 너무나도 앳되고 해맑은, 아름다운 얼굴이었다. 나도 모르게 미소를 지었다.

"너, 그런 얼굴이었구나? 꽤 멋진데?"

테오가 수줍게 웃으며 숨을 깊게 들이마셨다. 그러자 눈을 의심할 만한 장면이 펼쳐졌다. 루미나의 초록색 잎이 붉은색으로 변했다. 테오가 숨을 뱉자 다시 초록색으로 바뀌었다. 테오의 눈동자 또한 초록색이 됐다. 놀란 내게 테오가 말했다.

"나, 실은 노아를 아는 것 같아."

나는 고개를 갸웃했다.

"무슨 말이야?"

"노아 아빠와 마스크를 벗고 함께 지낸 그 사람 말이야. 루미나를 진화시킨 그 사람, 그 과학자는… 사실 우리 아빠야."

나는 놀라서 숨을 들이켰다. 테오가 말을 이었다.

"나도 처음엔 말도 안 된다고 생각했어. 설마 노아와 같은 학교일 줄이야."

테오는 지난 얘기를 들어 줄 수 있겠냐고 물었다. 내가 고개를 끄덕이자 숨을 크게 내쉬며 담담히 말을 이어 나갔다.

테오 아빠는 우리 할머니 같은 식물학자였다. 그러면

서도 에시디안이었다. 그는 에시디안을 사람들의 차별과 편견에서 구해 줄 방법을 찾고 싶어 했다. 그러던 중 율령리 인근에서 놀라운 식물을 발견했으니, 그 식물이 바로 루미나였다.

테오 아빠는 루미나가 산성 물질을 중화한다는 사실을 알고 무척 기뻐했다. 다만 루미나는 인간의 손을 타면 금세 죽어 버렸다.

"쉽게 말해 재배가 어려웠던 거지. 그래도 아빠는 포기하지 않았어."

개량에 개량을 거듭한 끝에, 테오의 아빠는 루미나를 재배하는 데 성공했다. 그는 루미나가 에시디안과 비에시디안이 마스크를 벗고 함께 지낼 수 있게 해 줄 거라고 믿었다.

"그때까지만 해도 아빠는 몰랐어. 루미나의 잎이 초록색으로 변해야만 중화 능력이 온전해진다는 걸."

개량 과정에서 발생한 부작용 같은 것이었다. 테오 아빠와 노아 아빠는 그걸 모른 채 아직 잎이 붉은색일 때 마스크를 벗고 말았다.

테오는 아빠와 함께 노아 아빠의 장례식에도 찾아갔다고 한다. 하지만 차마 노아 아빠의 마지막을 배웅하진 못했다. 노아의 가족을 볼 면목이 없었으니까.

"너무 미안해. 노아 아빠에게도, 노아에게도. 그리고 학교 아이들에게도."

테오의 얘기를 안타까운 마음으로 듣고 있던 나는 한 가지 궁금한 점이 생겼다.

"그런데 그땐 왜 그랬어?"

며칠 전 창고 앞에서 아이들이 루미나를 몰래 심은 게 미안하지 않냐고 물었을 때, 테오는 미안하지 않다고 말했다. 테오가 쓴웃음을 지었다.

"그냥. 한 번쯤은 미안하지 않다고 말해 보고 싶었어. 조금 억울한 마음도 있었거든. 나는 그냥 나일 뿐인데, 그것만으로 자꾸만 미안해야 할 일이 생긴다는 게."

문득 테오의 삶이 얼마나 힘들지 가늠하기가 어려워졌다. 존재 자체로 해롭게 여겨지는 테오는 사람들을 만날 때마다 미안하다고 말해야 했다. 조심하고 조심해도 사람들에게 피해를 입힐 수 있었다. 내가 만약 테오라면 버티고 견딜 수 있을까? 생각만으로도 가슴이 답답했다.

"나는 언제까지 미안한 사람이어야 할까?"

나는 그 물음에 어떤 대답도 해 줄 수 없었다. 테오가 미안해야만 하는 이 상황이 싫어서. 테오가 미안해하는 게 미안해서.

테오 아빠는 자신의 실수로 노아 아빠가 돌아가셨다

는 걸 견디지 못했다고 한다. 뒤늦게 루미나의 산성 중화 기능을 제대로 파악했지만, 그때는 이미 노아 아빠가 돌아가시고 시일이 꽤 지난 후였다. 죄책감에 시달리던 그는 자취를 감추는 것으로 죗값을 물었다. 어느 날 아침 눈을 떴을 때, 테오 머리맡에는 아빠의 쪽지와 작은 루미나 묘목 한 그루만이 남아 있었다.

미안해, 아들. 정말 미안해.

평생을 미안해하며 살아 온 테오 아빠는 아들에게조차도 미안한 사람이 됐다.

테오가 루미나의 잎을 쓰다듬었다.

"나는 늘 다른 사람에게 도움이 되는 사람이고 싶었어. 아빠가 못 이룬 꿈도 이뤄 주고 싶었고. 그래서 루미나를 포기 못 하는 거야. 나는 루미나가 나뿐만 아니라 너에게도 희망이 될 거라고 믿어."

바닥에 앉아 있던 테오가 무릎을 세워 안았다.

"나는 해로운 사람이 아니야."

중얼거리듯 하는 말이 꼭 테오 자신에게 하는 것 같았다. 그렇게라도 세뇌하지 않으면 견디기 힘들기라도 한 듯.

이제야 루미나가 희망이라는 그 말이 이해가 됐다. 테

오는 사람들에게 피해를 입히고 싶지 않은 거다. 그 바람을 루미나가 이뤄 주리라고 믿는 거고. 실제로 루미나는 그럴 만한 능력이 있었다. 지금 나와 마주 앉아 있는 테오는 나에게 아무런 해가 없는 존재이니까.

"나도 마스크 벗을까?"

테오는 처음엔 놀란 얼굴이었지만, 내 말의 의미를 깨달았는지 눈시울이 붉어졌다.

"그래 줄 수 있어?"

"얼마든지."

나는 마스크를 벗었다. 장갑도 벗었다. 안전 보호구를 모두 벗고 테오와 마주 봤다. 처음 테오를 만났을 땐 상상도 하지 못했던 일이 벌어졌다.

나는 테오에게 전학을 가지 않고 학교에 남으면 안 되냐고 물었다.

"서로 조금만 조심하면 되잖아. 불편해도 우린 얼마든지 함께할 수 있어. 그리고 신록의 루미나도 있으니까. 사람들에게 루미나의 효능을 말하자."

하지만 테오는 고개를 저었다.

"그렇게 해 봤는데, 번번이 거절당했어. 사람들은 어떻게든 효과를 입증해야만 믿을 거야."

"내가 증거잖아. 나를 봐. 멀쩡해. 내 얘기를 하면 되지."

그렇게 말하면서도 한편으로는 쉽지 않은 일이라는 걸 알았다. 나야 테오를 믿으니까 마스크를 벗었지만, 다른 사람들은 받아들이지 않을 것이다. 게다가 테오에 대한 신뢰가 이미 바닥에 떨어졌기에 루미나를 키우는 걸 허용하지 않을 것이다.

테오도 나와 같은 생각인 듯 빙그레 웃으며 작별 같은 말을 건넸다.

"한 번도 그런 생각한 적 없었는데, 너를 만나고 상상했어. 내가 에시디안이 아니었다면 어땠을까. 내가 너랑 같았다면 어땠을까. 너 때문에, 내가 나인 게 처음으로 싫었어."

테오의 손길이 천천히 내 머리에 닿았다. 그 손이 내 머리를 헝클어뜨렸고, 나는 울음을 터뜨렸다. 나도 내가 나인 게 싫었다. 내가 에시디안이었다면 어땠을까.

"가지 마. 네가 없으면 난 외톨이가 될지도 모르는데. 너 없는 일주일 동안 짝도 없었단 말이야."

"너무 걱정하지 마. 넌 잘 지낼 거야. 그리고 나도."

테오가 각오를 다지듯 말을 이었다.

"사람들은 나더러 바뀌라고 해. 그런데 나는 왜 나만 그래야 하는지 모르겠어. 나는 학교의 규칙에 나를 맞추지 않고, 나를 온전히 받아 줄 수 있는 곳을 찾을 때까지 당당하게 내 길을 갈래. 영원히 못 찾더라도 괜찮아."

문득 테오 앞에서 에시디안과 비에시디안을 나누었던 모든 순간들이 생각났다. 나는 왜 그런 말들로 테오를 외롭게 만들었을까? 왜 테오에게 나와는 전혀 다른 사람인 것처럼 굴었을까?

테오와 나는 실은 너무나도 같았는데.

비밀 정원에서의 마지막 작업은 루미나의 씨앗을 거두는 일이었다. 테오는 씨앗을 봉지에 소중히 담았다. 날개를 가진 그것들은 바람을 타고 멀리멀리 날아가 척박한 그 어딘가에 뿌리를 내릴 거라고 했다. 그곳에 또 다른 식물들을 불러오고 함께 살아갈 거라고 했다.

"나, 대단한 계획을 세우고 있어."

"무슨 계획인데?"

테오가 루미나 씨앗 하나를 손바닥에 올리며 의미심장한 미소를 지었다.

"온통 루미나로 뒤덮인 세상."

그 순간, 나는 테오의 그림을 떠올렸다. 학교를 뒤덮은 루미나. 그걸 이제야 깨닫다니.

"이제 돌아가야 할 시간이야."

테오가 자리에서 일어났다. 나는 못내 발길이 떨어지

지 않았지만 그 아이를 따라 걸음을 옮겼다. 그러다 좋은 생각이 나서 테오를 붙잡았다. 테오가 왜 그러냐는 듯 나를 돌아봤다. 나는 말없이 미소로 대답을 대신했다.

* * *

테오는 그렇게 내 곁을, 우리 곁을 떠났다. 불현듯 왔던 것처럼 불쑥 떠나갔다. 테오를 이대로 떠나보낼 수는 없었기에, 나는 테오의 꿈을 실현시켜 주겠다고 다짐했다. 그래서 테오에게 루미나 씨앗을 한 움큼 받아 왔다.

테오가 떠난 다음 날, 나는 아침 일찍부터 걸음을 서둘렀다. 교문에 도착하니 사람은 없었고, 대신 운동장 가득 철거 업체 차들이 들어서 있었다. 그들은 테오와 나의 비밀 정원을 철저히 망가뜨릴 것이다. 속상했지만 후일을 도모하기로 했다. 우리에겐 루미나의 씨앗이 아직 남았으니까.

그 앞에 서서 학교를 바라봤다. 고맙게도 시원한 바람이 불어와 줬다. 테오가 마지막으로 남긴 말이 생각난다.

"우린 어디에나 있고, 어디에도 없어."

에시디안은 내가 생각하는 것 이상으로 숫자가 많았다. 그런데도 왜 주변에서 만나기 어려운 걸까? 그들은 왜 한데 모여 살고, 에시디안 전용 학교에만 다니는 걸까? 테오는 그게 싫어서 세상으로 나온, 바람을 타고 이리저리 여행하는 루미나 씨앗일지도 모르겠다.

나는 가방에서 씨앗이 담긴 봉지를 꺼내 그것을 손바닥 위에 쏟았다. 그러곤 있는 힘껏 불었다. 마침 강한 바람이 도와준 덕분에 루미나 씨앗은 날개를 활짝 펼치고 하늘로 날아올랐다. 씨앗들이 보이지 않을 때까지 나는 운동장에 서 있었다. 어디선가 듣고 있을 테오에게 조용히 속삭이면서.

"테오야, 우리는 반드시 다시 만날 거야."

내가 이런다고 달라지는 건 없었다. 똑같은 교복, 똑같은 피부, 똑같은 모습들. 우리는 테오가 말했던 노란 꽃처럼 나와 같은 존재들과만 함께하길 바란다. 학교는 우리가 그렇게 지낼 수 있도록 단단한 울타리가 될 것이다. 테오가 자리 잡지 못하게 막을 것이다.

당장은 실패한 것처럼 보이기도 한다. 그러나 마침내 쇠기둥에 뿌리를 내린 루미나처럼, 테오 또한 이곳에 자기 생태계를 만든 건 아닐까? 적어도 내 마음에는 테오가 깊이 뿌리를 내렸으니까.

며칠 뒤, 등교하는 길에 나는 봤다. 학교 건물 곳곳에 뿌리를 내린 신록의 루미나를. 곳곳에서 반짝이는 은은

한 빛을.

테오가 돌아올 그날을, 어떤 모습이어도 괜찮을 우리를, 마스크를 벗고 마주한 우리를, 나는 선명하게 봤다.